CAPTIVE

Tome 1

Julie JEAN-BAPTISTE

CAPTIVE

Tome 1

Avertissements :

Ce livre contient des scènes de violences physiques et psychologique, d'abus d'alcool et de drogue, de scarifications et des scènes sanglantes.

© 2019 Julie JEAN-BAPTISTE

Édition : BoD-Books on Demand
12-14 rond-point des Champs-Élysées, 75008 Paris
Impression :BoD - Books on Demand, Norderstedt, Allemagne

Couverture et corrections : Laura Brohan

ISBN : 978-232-23-7611-7
Dépôt légal : Juillet 2021

Merci à mes amies qui m'ont soutenu dans ce projet. Et surtout à Laura, qui rattrape toutes mes fautes d'orthographe et qui a créé cette magnifique couverture.

1.

Les premiers rayons du soleil traversent le voilage et viennent éclairer les draps. C'est l'heure. L'heure de commencer la journée. La température est encore fraîche et engourdit légèrement mes sens. Je me lève et parcours le couloir jusqu'au salon. Je m'arrête un instant avant l'encadrement de la porte et me redresse. Il n'est pas là. Il n'est pas rentré ce matin. Je traîne mon corps jusqu'à la cuisine pour préparer le petit-déjeuner, mais l'appétit ne vient pas. Je me contente d'une tasse de thé et retourne dans le salon, fixant l'horloge holographique accrochée au-dessus de la porte de la cuisine.

Il est 8 h 30. Dans une demi-heure, je dois aller prendre une douche. Mes yeux fixent l'horloge, comme hypnotisés. Je vois les chiffres noirs tressaillir à force de les regarder. Elle ne brise pas le silence des lieux. Où est-il ? Il est au travail. Que fait-il ? Allez savoir. Je reste en tête à tête avec mon esprit qui est toujours aussi vide. Je ne me souviens que du jour où nous sommes arrivés ici. Plus rien avant.

C'est le deuxième hiver que je passe dans cet appartement à la décoration minimaliste, aux meubles blancs, sans un tableau au mur. Ni mon regard ni mon esprit ne peuvent s'attarder sur quelque chose. À part cette horloge, dont les aiguilles tournent lentement en silence. En général, il revient au milieu de la nuit et me serre dans ses bras. Cela me réveille chaque fois. Je n'aime pas quand il est si proche, même si j'aime le savoir près de moi ; sa présence me rassure.

9 h. Je vais me doucher. Mon corps est de plus en plus faible et je dois le traîner jusqu'à la salle de bain. Certainement parce que je ne mange plus beaucoup. J'essaie de me souvenir comment j'en suis arrivée là. Pourquoi je suis ici. La dernière fois que je lui ai demandé plus d'informations sur mon passé, il m'a rétorqué que les curieuses étaient punies. Les punitions. Ce sont les seules choses du passé dont je me souviens. Longues, effrayantes et douloureuses. Alors je m'en tiens à cette routine. Enfin, j'essaie. Je fais en sorte de lui faire plaisir et je ne peux pas m'empêcher de me dire que c'est pour mon bien. J'ai confiance en lui.

Je m'arrête au-dessus du lavabo et regarde le mur. Il n'y a pas de miroir. Il n'y a même aucun miroir ici. Aucune surface réfléchissante. Je pourrais apercevoir mon reflet dans les immenses baies vitrées, mais un voilage les occulte et je n'ai pas le droit de l'ouvrir. Si je le faisais, je suis sûre qu'il le saurait.

10 h. Je range et nettoie. Étant donné que je le fais tous les jours, il n'y a pas grand-chose à faire et tout est impeccable. Si blanc, si lisse. Même les livres blancs de la bibliothèque blanche ne détonent pas avec le reste. J'observe un instant la collection de livres. Je les ai tous lus et relus un nombre incalculable de fois.

11 h. Je devrais préparer le déjeuner, mais je n'ai toujours pas faim. Je reste en tête à tête avec moi-même, me tenant devant la cuisine où je devrais être en train de m'affairer. Depuis quelques jours, j'entends cette petite voix. Je l'appelle ma « voix intérieure », elle me tient compagnie. Parfois, elle

me rappelle à l'ordre : « *Tu devrais manger, tu sais. Sinon tu risques de mourir de faim. Et puis si tu manges, je t'en dirai plus sur ton passé et la raison de ta présence ici.* » Je m'éloigne du comptoir sur lequel j'étais appuyée, alléchée par la perspective d'en savoir plus, et commence à préparer le repas.

14 h. Elle ne m'a rien dit. Pourtant, j'ai mangé. C'est peut-être parce que je n'ai pas réussi à terminer mon assiette. Il est l'heure de faire des étirements, de bouger un peu, pour mon bien. Je le fais. Mais mon corps me fait mal et me tire alors j'arrête rapidement et me couche sur le canapé. Mon corps est aussi raide que celui d'une poupée mécanique. Une poupée qui joue un spectacle ici tous les jours, réglée comme une horloge.

Quel jour sommes-nous ? Quel mois sommes-nous ? Quand va-t-il rentrer ? Je me sens seule. J'ai besoin de lui. Sans lui, je n'existe pas. Je vais me remettre à réfléchir, à penser. À inventer un passé et imaginer un futur. À essayer de trouver un sens à ce qui m'arrive. Comme dans mes livres. Ma petite voix s'est définitivement tue. Suis-je si curieuse et désobéissante que même elle décide de me tourner le dos ? Elle ne veut pas être punie. J'avais espéré qu'elle m'en dise plus après avoir fait ce qu'elle me demandait. Faire ce qu'on me demande. Faire ce qu'il me demande.

2 h du matin. Je me suis endormie dans le salon. Je me précipite dans la chambre et me prépare pour la nuit. Je devrais déjà être au lit depuis deux heures. S'il était rentré entre-temps, il n'aurait pas été content. Je dois me ressaisir. Pour mon bien.

Je me lève avec le soleil, l'esprit dans le brouillard. Il n'est pas venu se coucher hier soir non plus. Je traverse le couloir qui mène au salon. Malgré ma perte de poids, mes pas se font de plus en plus lourds au fil des jours. Je me fige un instant, juste avant de passer la porte, et adopte une posture plus droite avant d'entrer. Je pousse un soupir de soulagement. Il est là, couché sur le canapé.

— Que t'est-il arrivé ?

— Hum...

Il ouvre lentement les yeux et me fixe avec un sourire en coin. Son visage est égratigné et son corps est couvert de plaies qui saignent encore. Ses blessures ne semblent pas le faire souffrir.

— Tu es déjà réveillée ? Approche, demande-t-il en se redressant sur le canapé et en tapotant la place vide à côté de lui. Viens.

Son ton est devenu plus autoritaire et dénote avec son geste amical. Réticente, je m'approche de lui. Son sourire en coin me rappelle celui décrit dans les rares classiques romantiques qu'il me ramène. Face à ma trop longue hésitation, il attrape mon poignet et me force à m'asseoir près de lui. Sa tête se rapproche de la mienne et mon regard anxieux se reflète dans ses yeux qui scintillent.

— Pour panser mes blessures.

— Je vais chercher les pansements.

D'un bond, je me lève et me dirige vers la salle de bain afin de récupérer le nécessaire pour lui prodiguer les premiers soins. Silencieusement, je désinfecte ses plaies. La chair est blanche par endroit et ses blessures semblent profondes. Son rire arrogant et moqueur me fait sursauter. Je n'avais pas remarqué qu'il avait allumé la télévision. Le son est à peine audible. Il ne semble pas sentir le coton imbibé d'alcool désinfectant que je tapote sur ses plaies.

— Tes plaies sont profondes.

— Elles guériront vite. Va préparer le petit-déjeuner.

Son sourire s'est déjà évanoui et sa froideur habituelle est de retour. À la télévision, on parle du décès d'une personnalité qui semblait importante. Compte tenu de son rire satisfait et de ses blessures, je me doute qu'il est impliqué dans cette affaire. Du moins, c'est ce que me suggère ma petite voix intérieure.

Je range les pansements et le désinfectant puis me dirige vers la cuisine pour préparer une omelette, un café noir et une tartine grillée. Mes gestes sont précis, automatiques. Je pourrais le faire les yeux fermés. Une fois que le petit-déjeuner est prêt, je le lui apporte sur un plateau. Ses jambes sont désormais recouvertes d'un plaid, comme pour dissimuler ses plaies ; il doit souffrir terriblement même s'il ne laisse rien paraître.

— Aujourd'hui, je vais rester à la maison avec toi.
— Merci.

J'esquisse un sourire en lui tendant le plateau. Lorsqu'il est ici, je n'ai pas à respecter les horaires. Je me sens vivante. Il est très occupé par son travail et parfois, il lui arrive de ne pas rentrer pendant plusieurs jours. Ces derniers temps, les journées que nous passons ensemble sont devenues de plus en plus rares.

— Tu ne manges pas ? me demande-t-il.
— Je n'ai pas faim.
— Tu as perdu du poids ce mois-ci. Fais-moi plaisir et va te préparer quelque chose. Nous déjeunerons ensemble sur la table.

Le ton de sa voix n'a pas changé et pourtant mon corps se crispe. Je viens de le décevoir. Il se lève et dépose le plateau sur la table. Je retourne dans la cuisine. Les plans de travail, que je nettoie chaque jour, sont impeccables. L'ensemble est parfaitement épuré et quelques teintes de gris et de bleu viennent casser le blanc clinique de la pièce. Je me prépare un thé, ouvre le réfrigérateur, puis le referme. Même en sa présence, l'appétit ne me vient pas.

— Il y a des fraises dans le frigo et des biscuits dans le placard. Prends-les, m'indique-t-il depuis le salon.

Je m'exécute, angoissée à l'idée qu'il apprenne que je ne trouve plus l'appétit alors qu'il fait son possible pour que je mange. Je pose ma tasse et une assiette de fraises et de biscuits qu'il inspecte. La télévision est éteinte, de nouveau dissimulée par le mur.

— Que veux-tu faire aujourd'hui ?
— Je ne sais pas.
— N'y a-t-il rien que tu aimerais faire avec moi ? propose-t-il en esquissant un sourire malicieux.
— Non.

Il me caresse les cheveux, la tête penchée sur le côté, le regard songeur.

— Une partie d'échecs, ça te va ?
— Oui.

Je termine mon maigre repas et débarrasse. Je l'entends installer les pièces sur l'échiquier avec minutie, tout en m'observant. Je détourne les yeux vers le salon, parfaitement rangé et lisse comme mon esprit. Mon regard s'attarde sur le mur derrière lequel se cache la télévision et je me remémore les nouvelles du matin.

— Dis-moi... c'était toi, n'est-ce pas ? Ce monsieur dans la télé.
— Oui.

Il évite mon regard.

— Est-ce que c'est ton travail ?
— En quelque sorte.
— Dans quel domaine exerces-tu ?

— Tu es bien curieuse aujourd'hui.
— Pardon.
— Ce travail nous permet de vivre, d'accord ?
— Oui.

La nouvelle me surprend. Son attitude, surtout. Comme si ôter la vie à une personne pour gagner de l'argent n'était qu'un détail. Mais je décide de ne pas lui faire part de ma désapprobation, de peur de le contrarier. Après tout, il le fait pour nous. Afin que nous puissions vivre. La sonnerie de son téléphone brise le silence. Il le consulte, visiblement ennuyé, puis décroche et quitte la pièce.

J'attends. Bien droite sur ma chaise, les mains posées sur mes genoux. Mais il ne réapparaît pas. Ne le voyant pas revenir au bout d'une heure, je me lève et attrape un livre posé sur la table basse. Le dernier qu'il m'a rapporté. En général, il m'offre des livres sur les sciences, l'art ou des classiques de la littérature. Cette fois-ci, le thème du livre porte sur les sentiments et plus exactement sur l'amour. Intriguée, je feuillète les premières pages. Un énoncé biologique présente les sentiments et l'attirance des êtres humains les uns envers les autres. Je referme le livre et regarde la couverture jaune où le titre est inscrit en lettres rouges : « Qu'est-ce que l'amour ? ». A-t-il fait ça pour que je me laisse faire ? Ou serait-ce un test ? Je n'ai pas respecté la routine à la lettre et il est sûrement au courant. Il sait tout. Soucieuse à l'idée qu'il me découvre alors que je lui désobéis, je referme le livre, le pose exactement à l'endroit où je l'ai trouvé et me rassois face au jeu d'échecs.

L'horloge affiche 11 h. Je me lève pour préparer le déjeuner. Il n'est toujours pas ressorti de la chambre. Il lui arrive de disparaître quelques heures pour discuter au téléphone, alors je ne m'en inquiète pas. L'appartement est de nouveau plongé dans le silence. Lors de ces appels téléphoniques, je deviens soudainement sourde. Je ne sais donc pas ce qui le maintient au téléphone si longtemps. Souvent, il part travailler après avoir raccroché. Je suppose que ce sont des appels professionnels.

— Laisse-toi faire, s'il te plaît.

Sa voix suave me fait sursauter. Je ne l'ai pas entendu entrer. Ses bras m'enlacent de part et d'autre, me faisant tressaillir et je lâche le couteau. Je sens ses lèvres contre mon cou, ce qui me donne la chair de poule.

— Non...

— S'il te plaît, murmure-t-il encore.

Je me retourne, posant ma main contre son torse pour essayer de l'éloigner de moi. Il resserre son étreinte autour de ma taille et plonge alors son regard dans le mien. Ses yeux gris foncé me transpercent et me dévorent, comme s'il voulait m'avaler toute entière. Son cœur bat fort. Face à son insistance, je n'ai qu'une seule envie : fuir.

— Ton cœur bat fort. Ce n'est pas bien. Je t'en prie, arrête.

— S'il bat fort, c'est pour une autre raison.

Il m'embrasse encore dans le cou, puis sur la joue et s'arrête devant mes lèvres sur lesquelles il pose son pouce comme pour me dire de me calmer. Je ferme les yeux et baisse la tête. Son téléphone, posé à côté de la planche à découper, l'interrompt en se mettant à sonner.

— Et merde ! peste-t-il.

Il décroche et me laisse à nouveau seule. Soulagée, je me remets tout de suite au travail. Ces rapprochements me mettent mal à l'aise. Durant ces moments, je n'ai qu'une envie : m'isoler dans la chambre. Je ne sais pas ce qu'il veut, mais mon instinct me dit que c'est mal et dangereux. Mon instinct, ma petite voix. Les seuls compagnons que j'ai ces derniers jours. Ils essaient de remplir le vide dans mon cerveau lobotomisé par cette routine.

Je sers le déjeuner et attends qu'il me rejoigne. Au bout de quelques minutes, il fait irruption dans la pièce et contrarié, il m'annonce :

— Finalement, je vais devoir travailler ce soir.

— Ce n'est pas grave. C'est gentil d'avoir passé la journée avec moi. Je sais que c'est compliqué.

— Oui, c'est compliqué.

À la nuit tombée, il se lève pour partir. Debout devant la porte, mes mains rassemblées devant moi, j'attends qu'il ouvre pour le saluer. Mais sa main s'arrête un instant sur la poignée et il me regarde, hésitant.

— Veux-tu venir avec moi ?

J'ouvre grand les yeux. Le dernier vague souvenir que j'ai du monde extérieur remonte au jour où nous avons emménagé dans cet appartement. C'était il y a déjà très longtemps et tout me semble si flou. Je ne me rappelle même pas la sensation du vent sur ma peau.

— Tu es sûr ?

— Oui.

Il se dirige vers le placard et en sort un long manteau noir à capuche, dont je ne connaissais pas l'existence, puis m'aide à le mettre. Il attrape ma main et m'entraîne vers l'ascenseur. Nos pas sont étouffés par la moquette bleu nuit et les murs crème sont illuminés par une corniche. Mon cœur palpite. Je le suis dans cet engin métallique, dont j'entends chaque soir le bruit sourd résonner dans l'entrée. Lorsque la porte s'ouvre, je serre fort sa main qui ne m'a pas lâchée.

Une fois dehors, je prends une profonde inspiration. Ma première bouffée d'air frais depuis deux hivers. L'air est froid et la nuit noire est estompée par les lampadaires. Il ne semble pas y avoir âme qui vive sur le parking rempli de voitures de différentes marques et couleurs. Je me retourne et découvre pour la première fois l'aspect de l'immeuble gris dans lequel nous habitons.

— C'est par là.

Ma main toujours dans la sienne, il m'entraîne vers un véhicule noir imposant aux vitres teintées.

— Où allons-nous ?

— Au siège de ma société.

Sur la route, je m'extasie en observant l'extérieur. Les lumières des lampadaires et des voitures m'éblouissent, des immeubles différents du nôtre surgissent à l'horizon. Des grands, des petits, des blancs, des verts, des noirs. Certains possèdent des balcons sur lesquels j'aperçois enfin d'autres êtres humains. Sur les trottoirs, éclairés par les façades des bâtiments, je les observe avec curiosité : ils rient, semblent parfois aussi s'égosiller. Leurs vêtements sont différents des miens. Les filles portent des pantalons et des robes très courtes et moulantes. Rien à voir avec mes robes longues et amples, blanches et bordées de dentelles. Ils marchent en groupe ou seuls, déambulant dans les rues. Où vont-ils ?

Puis, les gens se font plus rares, les rues plus sombres. La nature prend le dessus. Les arbres se dessinent, jaillissant sous les phares de la voiture. À quand remonte la dernière fois où j'en ai vu ? La couleur de leurs feuilles oscille entre le marron et le jaune. Nous devons être en automne. La vitre se baisse comme pour me laisser humer l'odeur de la nature. Je peux entendre le doux son des feuilles sur les branches, balayées par le vent. Leur vue m'émerveille et m'apaise. Les arbres disparaissent peu à peu et des bâtiments plus austères, gris et sûrement désaffectés, les remplacent.

La voiture prend un virage et un bâtiment en brique rouge se dresse subitement devant nous, comme sorti de nulle part. Des néons roses éclairent la devanture sur laquelle je n'ai pas le temps de m'attarder. Ma portière s'ouvre et sa main m'attrape et m'entraîne vers une entrée à l'arrière du bâtiment. Il frappe à la porte en fer noir d'où un rayon de lumière jaillit, puis disparaît. La porte s'ouvre alors sur une grande salle dans laquelle se trouve un bar. Rangées comme les soldats d'une armée, des bouteilles éclairées par une lumière blanche s'alignent. Près des murs sont installés des canapés et des tables. Il y a plusieurs petites estrades au centre de la salle sur lesquelles sont fixées des barres remontant jusqu'au plafond. La lumière est tamisée et je distingue des hommes en costume, leur cravate défaite. Assises auprès d'eux, se trouvent des jeunes femmes apprêtées, très attentionnées à leur égard. Leurs vêtements soulignent leur silhouette.

Une jeune femme nous approche, interrompant mes observations. Elle a des cheveux bruns mi-longs et porte une jupe tailleur moulante. Sous sa veste, j'entrevois un bustier sous lequel on devine ses formes. Elle nous accueille avec un large sourire.

— Te voilà enfin ! s'exclame-t-elle. Oh, tu l'as vraiment emmenée ? Je n'y crois pas. Comme je suis contente de la voir !

Elle s'approche de moi et me prend dans ses bras. Surprise, je ne bouge pas et le regarde, attendant ses instructions.

— Doucement Vanessa.

— Bonsoir, me salue-t-elle en m'observant des pieds à la tête. Je suis Vanessa, l'assistante personnelle de ton frère. Il m'a tant parlé de toi. J'avais hâte de te rencontrer. Tu es tellement jolie.

— Merci. Enchantée.
— C'est pour la voir que tu as insisté pour que je vienne ce soir ? lui demande-t-il
— En partie, mais aussi parce que tu as oublié tous les rendez-vous importants pour lesquels tu t'étais engagé ce soir ! Tu sais bien que nous ne pouvons pas les repousser à plus tard.
— Tu dis tout le temps que je devrais prendre des vacances et quand j'en prends, tu n'es pas contente.
— Vérifie ton agenda avant de prendre des vacances.
Il soupire. Son attitude est si différente de celle qu'il adopte quand il est avec moi. Plus enjouée et détendue. Je me sens perdue dans ce milieu inconnu, d'autant plus qu'il ne ressemble plus à la personne que je connais.
— Bon, on commence ? Elles sont toutes là ?
— Oui, par ici.
Vanessa nous fait signe de la suivre. Des femmes surgissent de l'ombre pour prendre nos manteaux. Je lui attrape la main et le suis, intimidée. Il chuchote quelque chose à son assistante, mais je n'y prête pas attention. L'odeur de cet endroit est un mélange d'alcool et de parfum sucré. La musique est lancinante, presque envoûtante et sensuelle. Les regards des femmes sont séducteurs. Elles sourient en le voyant et le saluent en l'appelant « patron ». Nous traversons un couloir éclairé par des spots avec des portes noires de part et d'autre. Des hommes y entrent accompagnés par de jeunes femmes toujours aussi attentionnées, mais beaucoup moins habillées. Ils se montrent très tactiles, certains allant même jusqu'à les embrasser. Gênée, je baisse les yeux et resserre ma main autour de la sienne.
Nous passons la porte au bout du couloir et entrons dans une pièce sans fenêtre. Des caissons en fer sont disposés

derrière le bureau et un petit salon où trônent deux canapés en velours rouge est aménagé à gauche de l'entrée. Il m'installe au bureau et récupère une deuxième chaise pour Vanessa, qui s'assied près de moi. « Tu aideras Vanessa. Fais ce qu'elle te demande, » me dit-il avant de disparaître par la porte de droite. C'est la première fois que je suis avec une autre personne que lui. J'observe Vanessa qui ne semble pas gênée par ma présence. Elle sort une tablette d'un tiroir, la pose sur le bureau, puis insère une oreillette dans son oreille droite.

— Oui, c'est bon, je t'entends. J'aime tellement les jours d'entretiens. C'est parti ! s'exclame-t-elle en affichant toujours un grand sourire. Tu peux aller me chercher la première candidate ? me demande-t-elle en indiquant la porte de gauche tout en me tendant une autre tablette.

À l'écran, je découvre la photo d'une blonde dans une pose suggestive et un pseudonyme : Angel.

J'ouvre la porte et appelle la candidate.

— An... Angel ? Vous êtes la première à passer. Veuillez me suivre, s'il vous plaît.

Six femmes assises sur des chaises me fixent, les yeux écarquillés. Elles semblent stressées. Une blonde se lève enfin et me suit à l'intérieur.

— Bonsoir. Angel, c'est ça ? Comme tu es grande. Quelle est ta spécialité ? questionne Vanessa en regardant sa tablette. Le strip-tease ?

— Oui. Je croyais que je devais passer l'entretien avec le patron ?

— Tu es impatiente de faire ton numéro à ce que je vois. C'est par là, tu peux y aller.

Angel disparaît à son tour par la porte qu'il a empruntée et Vanessa note quelque chose sur un carnet. Puis, elle me regarde et me répète :
— Comme tu es belle !
— Merci.
— Je comprends mieux pourquoi il ne te sort pas souvent.

Comme il n'y a pas de miroir dans l'appartement, je n'ai qu'une vague idée de mon apparence. Mais pourquoi cela serait-il une raison de me garder enfermée ?

Vanessa étouffe soudain un rire. Face à mon regard interrogateur, elle se justifie :
— J'entends tout ce qui se passe de l'autre côté de cette porte grâce à mon oreillette. Je peux te dire que c'est très amusant.
— Quel genre d'établissement tenez-vous ?
— Il ne t'a rien dit ? demande-t-elle, surprise. Nous sommes en train de recruter de nouvelles hôtesses qui travailleront pour ton frère. Il insiste pour passer un entretien individuel avec chacune d'elles.
— Des hôtesses ?
— Des femmes qui tiennent compagnie à des hommes et qui, accessoirement, baisent avec eux.
— Baisent ?
— Oui, elles couchent avec eux.
— Ah...

À cet instant, Angel sort de la pièce avec un air plutôt satisfait.
— Cela s'est-il bien passé ? s'enquiert Vanessa en lui souriant.
— Je crois, oui.
— Nous reviendrons vers toi d'ici quelques jours, de la même manière que la dernière fois.

— Merci.
— En partant, pourras-tu demander à la prochaine candidate de nous rejoindre ?
— Bien sûr. Qui voulez-vous voir ?
— Ribbon, s'il te plaît.

Elle nous salue et une femme aux cheveux bouclés châtains lui succède. Je ne l'avais pas remarquée tout à l'heure. Ses vêtements laissent entrevoir son décolleté. Elle porte un ruban dans les cheveux et avance d'un pas déterminé jusqu'à nous, son corps ondulant du haut de ses talons. Vanessa lui pose des questions et lui indique la pièce à notre droite. Les yeux verts de Ribbon se plantent sur moi et me fixent un instant, puis elle s'en va. Mon cerveau se fige. Mon rythme cardiaque s'accélère. Ce regard, je le connais.

— Elle est chaude comme la braise celle-là. Il va n'en faire qu'une bouchée, s'esclaffe Vanessa, me ramenant à l'instant présent.

— Il va la manger ?

— Oui, dit-elle en riant avant de continuer. Oh, comment ça tu ne veux pas que je lui dise que tu vas lui bouffer la chatte ? Elle ne peut pas être naïve à ce point, ajoute-t-elle en m'examinant. En fait, si. C'est à se demander ce qu'on apprend aux jeunes d'aujourd'hui dans les cours de récréation.

— Que se passe-t-il ?

— Mon très cher patron ne veut pas que je te l'explique.

— Parce que ce n'est pas légal ?

— Il dit simplement que ça ne te regarde pas. Mais officiellement, nous sommes dans un bar. Ce que nous faisons est légal. Tiens, il a coupé le son. Je n'entends plus rien.

— C'est normal ?

— Ça arrive parfois.

L'entretien avec Ribbon dure un peu plus longtemps que le précédent. En jetant un œil sur son dossier, j'apprends que son vrai prénom est Alice. Lorsqu'elle sort enfin du bureau, elle a l'air troublée et moins sûre d'elle. Elle me fixe encore un instant avant de disparaître sans nous dire un mot. Vanessa, interpellée, l'interroge sur ce qui s'est passé par l'intermédiaire de l'oreillette. Puis elle se lève pour aller chercher la troisième candidate, qui semble impatiente à l'idée de rencontrer le patron. Vanessa lui pose les mêmes questions et l'invite à se rendre dans la pièce où il se trouve. Quelques minutes plus tard, elle sort, accompagnée par lui.

— Préviens les autres que je fais une pause, glisse-t-il à Vanessa.

Elle se lève, entrouvre la porte et crie : « Il fait une pause ! Vous avez quinze minutes ! »

— Vous voulez quelque chose à boire ? nous propose-t-il.

Nous faisons non de la tête et il quitte la pièce.

— Ce n'est pas vraiment ton frère, n'est-ce pas ?

— Non, pas vraiment. Nous sommes orphelins et avons grandi dans le même orphelinat. Il a toujours veillé sur moi.

— Est-ce que tu l'aimes ?

Je la regarde, étonnée. Cette question me laisse perplexe et n'est pas sans me rappeler le livre qu'il m'a offert.

— Vous êtes mignons tous les deux, ajoute-t-elle.

— Nous ne sommes pas en couple.

— Tu as pourtant beaucoup de chance de l'avoir à tes côtés. Certaines filles tueraient pour être à ta place. Je sais qu'il a l'air d'un dur, mais c'est une bonne personne. Un vrai gentleman. En tout cas, ça se voit qu'il tient beaucoup à toi.

La porte s'ouvre. Il dépose une bouteille d'eau en face de moi et une boisson énergisante devant Vanessa.

— C'est reparti ! s'exclame-t-elle, guillerette.

— Tu ne t'ennuies pas trop ? me demande-t-il.
— Non.
— Il en reste trois, c'est ça ? se renseigne-t-il auprès de Vanessa.
— Oui, c'est ça.
— Quels sont ces rendez-vous que je ne pouvais pas rater ?
Elle l'observe un moment, hésitante, puis annonce :
— Le fameux client exigeant et un rendez-vous pour ton autre boulot. Un problème de distribution et un habitué à satisfaire.
— Ah, c'était ce soir. Tu pourrais me vouvoyer au travail, comme les autres.
— N'importe quoi, dit-elle en secouant la tête, prenant un air surpris. Tiens, finalement, il en reste quatre.
— Je n'aurais pas le temps de m'occuper de toi ce soir.
— Oh, s'il vous plaît, monsieur. Je saurais me démarquer des autres, supplie-t-elle en attrapant la manche de sa chemise et en faisant la moue.
Il me tend la tablette et me fait signe d'aller chercher la candidate suivante. Quand je reviens, il n'est plus là. Les joues de Vanessa sont rouges. Après que la quatrième candidate soit entrée, je lui demande à mon tour :
— Et vous, vous l'aimez ?
Elle retire son oreillette et appuie sur un bouton.
— Je pense que c'est évident. Il m'a beaucoup aidée. Ça fait trois ans que je travaille pour lui. Je sais que cela ne me mènera nulle part et que ça ne durera pas. Mais je n'y peux rien.
— Sentiment irrationnel ?
— Comment ?

— Vous êtes tellement amoureuse que votre vision est biaisée. C'est ce qui est écrit dans le livre sur l'amour qu'il m'a offert.

— Certainement, oui, dit-elle dans un rire. Tu es bizarre, comme ton frère.

Elle remet son oreillette et fronce les sourcils. Soudain, la quatrième candidate sort de la pièce, énervée et escortée par un homme musclé portant un brassard sur lequel il est inscrit « sécurité ».

— Il n'a même pas voulu que je le touche ! Comment veut-il que je lui montre de quoi je suis capable ?

— Toi, tu n'es pas faite pour notre établissement, lui dit Vanessa.

— C'est n'importe quoi ! J'ai passé tous les tests préliminaires avec succès.

— Il a sûrement dû y avoir une erreur. Tu croyais pouvoir te taper le patron comme ça ?

— Quoi ? Je suis peut-être une pute, mais pas une nympho.

Il sort à son tour, agacé.

— Tu croyais pouvoir m'accrocher à ton tableau de chasse et t'en tirer comme ça ? Cet entretien n'est pas un jeu.

— Salaud ! Pour qui tu te prends avec tes airs de...

— Vous semblez énervée, mademoiselle, intervient Vanessa. Prenez ce coupon et allez vous détendre au bar.

Un autre agent de sécurité surgit par une porte et l'attrape par le bras.

— Quoi ? Je n'ai jamais dit que je voulais moisir ici. Laissez-moi partir !

— Tu as entendu ? Va te détendre au bar, insiste-t-il.

Elle est alors escortée de force par les agents de sécurité et disparaît de la pièce.

— Il va falloir affiner les sélections. J'en ai marre de ces filles-là.
— Pardon. C'est ma faute, s'excuse Vanessa.
— Non, ce n'est pas ta faute. Elles sont prêtes à tout. Bien, finissons-en. Je vais faire d'une pierre deux coups. Amène-moi les deux dernières.

Vanessa se lève pour aller les chercher.
— Que s'est-il passé ?
— Une folle qui voulait profiter de moi. J'ai une certaine réputation et ça peut arriver. Je suis désolé que tu aies dû assister à cela. D'habitude, ça se passe bien.

Vanessa, suivie des deux dernières candidates, entre dans la pièce.
— Bonsoir mesdemoiselles. Je suis pressé et la candidate qui vous a précédées m'a fortement énervé. Vous allez pouvoir me montrer tous vos talents en conditions réelles. Suivez-moi.

Ils disparaissent derrière la porte.
— Ne traîne pas trop, lui demande Vanessa après quelques minutes à travers le micro. Sinon, tu seras en retard à ton rendez-vous qui est prévu dans trente minutes. Tu sais combien il peut se montrer susceptible.

Un instant plus tard, il sort avec les deux jeunes femmes.
— Nous vous recontacterons de la même manière que la dernière fois, leur dit-il.

Les jeunes femmes ont à peine disparu qu'une autre apparaît, apportant nos manteaux. Il m'aide à enfiler le mien et se tourne vers Vanessa.
— Où nous attend-il ?
— Dans ta boîte de nuit préférée, dit-elle avec sarcasme.
— Il me provoque. Je pense qu'on va arrêter de travailler avec lui.

— On en a déjà discuté. Il est trop influent pour que nous puissions nous passer de lui. Elle va venir avec toi ?
— Je n'ai pas le temps de la ramener à la maison.
— Es-tu sûr de vouloir l'emmener avec toi voir ce porc ? Je peux veiller sur elle, tu sais. Je serais ravie de lui faire découvrir le monde.
— En lui faisant boire de l'alcool et en lui racontant je ne sais quelles conneries dont tu as le secret ? Non merci. On y va.

Nous traversons de nouveau ce couloir parsemé de portes, mais il n'y a plus personne. À l'entrée, j'aperçois la fille qui l'a énervé plus tôt dans la soirée. Elle ne semble plus tenir sur ses jambes et murmure : « Où suis-je ? ». L'agent de sécurité la hisse sur ses épaules et la jette dehors. Il ne prête pas attention à elle et Vanessa lève les yeux au ciel en la voyant. Une fois sur le parking, il m'ouvre la portière et me dit de monter. Je l'observe, à travers le pare-brise. Il discute avec Vanessa. Il s'approche d'elle, l'embrasse sur les lèvres et me rejoint. Mon cœur se serre de le voir si proche d'une autre.

— Est-ce que tu l'aimes ?
— Vanessa ?
— Oui.
— Je tiens à elle et j'ai confiance en elle. Mais ce n'est pas de l'amour.

Il me caresse les cheveux en disant cela, avec le même regard pensif que ce matin, puis démarre.

— Je crois que tu la fais souffrir. Si tu tiens à elle, tu devrais arrêter, non ?
— Où as-tu appris cela ? Dans le livre que je t'ai offert ou bien par expérience ?
— Dans le livre.
— La jeune femme aux cheveux bouclés, tu la connaissais ?

— Non.
— Ce soir, nous allons voir un client particulier. Il peut être assez capricieux. Je ne peux pas te laisser seule dans la voiture, car c'est un endroit dangereux. Les gens qui fréquentent cet établissement consomment beaucoup d'alcool et de drogue.
— Ça va aller. J'ai confiance en toi.

Ribbon et son nœud dans les cheveux. Oui, elle éveille quelque chose en moi. Une chose sur laquelle je n'arrive pas à mettre le doigt. Un souvenir antérieur à cette vie dont je n'ai pas le droit de me rappeler. Et il le sait.

Les gens qui se trouvent sur le parking de cet établissement semblent très joyeux. Certains hurlent, rigolent fort et font de grands mouvements. Une foule compacte est amassée devant l'entrée. Il sort de la voiture et me récupère en me serrant contre lui. Lorsque l'un des trois vigiles nous voit, il traverse la foule pour venir nous chercher. L'entrée est sombre, à peine éclairée par des lumières multicolores et la musique est assourdissante. Ma robe blanche devient bleue sous la lumière. Je n'ai même pas le temps de m'attarder sur ce phénomène que nous longeons une coursive qui donne sur une piste de danse, jusqu'à l'endroit où se trouve son client. Quand nous rentrons dans le bureau et que l'homme derrière-nous referme la porte, la musique cesse.

— Ah, vous voilà enfin ! crie un homme obèse assis sur un fauteuil.

Il est chauve et porte une chemise blanche ouverte sur son torse trempé de sueur alors qu'il ne fait pas si chaud.

— Vous avez un peu de retard.
— Je recrutais de nouvelles employées tout spécialement pour vous, et je pense en avoir trouvé deux qui pourraient vous satisfaire. Elles peuvent même travailler ensemble.

— Qui est cette jeune femme qui vous accompagne ? Un échantillon ?
— Les femmes ne sont pas des échantillons.
— Drôle d'attitude venant d'un proxénète.
— Nous avons déjà eu cette discussion, dit-il en sortant deux photos pour les lancer sur le bureau.

Un homme habillé d'un costume noir nous fait signe de nous asseoir pendant que l'homme obèse examine les photos.
— Oui, elles sont assez mignonnes.

L'homme semble réfléchir, puis lève la tête vers moi, m'adressant un étrange sourire qui laisse entrevoir ses dents en or.
— Mais si vous m'aviez apporté un échantillon, comme cette jeune fille, j'aurais pu me décider tout de suite. Pourquoi ne pas me laisser tâter un peu la marchandise ? Vous êtes un homme pressé. Cela m'aidera à me décider plus vite.
— Nous allons en rester là pour ce soir. Je vous laisse les photos. Si vous changez d'avis, vous avez mon numéro. Sinon, vous pouvez passer les voir directement dans mon établissement. Elles seront présentes à partir de la semaine prochaine.

Il se lève et me prend la main. Je me lève à mon tour.
— Vous ai-je donné la permission de partir ? Votre défaut, c'est que vous êtes trop sûr de vous. Vous avez fait l'erreur de m'amener le plus joli bijou de votre collection. Je me fiche de savoir si c'est votre femme ou votre sœur que vous devez garder parce que maman et papa sont de sortie. C'est elle que je veux. Vous ne contrarieriez pas votre plus gros client ?
— Elle n'est pas à vendre.

Deux hommes armés nous empêchent de sortir. Une main m'empoigne l'épaule et m'entraîne de force vers l'homme. J'essaie de me débattre, en vain.

— Lâchez-la, ordonne-il calmement, sans se retourner.
— Comment ? demande l'homme en approchant sa main de mon visage, puis il l'empoigne fermement et m'examine de plus près.

Il m'ouvre la bouche et ajoute :
— J'ai une jolie sucrerie à glisser là-dedans.
— Vous me provoquez ?
— Vous m'en avez donné l'occasion.
— Dans mon établissement, les clients qui ne suivent pas mes règles n'ont pas leur place. À partir de ce soir, vous en êtes banni.

Il sort une arme de sa veste et exécute froidement les hommes armés, puis sourit et tire une balle dans la tête de l'homme, qui me lâche. Du sang éclabousse mes vêtements. Je me fige et ferme les yeux.
— On y va.

Il m'entraîne en courant vers la sortie. Nous montons précipitamment dans la voiture et il démarre. Il appuie sur l'écran de bord et lance un appel.
— Vanessa ?
— Que puis-je faire pour toi ?
— Tu peux rayer cet abruti de la liste.
— Que s'est-il passé ?
— Il est mort.
— Tu l'as tué ?
— Oui.
— Je t'avais dit de ne pas le faire, soupire-t-elle. Bon, ce qui est fait est fait. À demain.

Elle raccroche.
— Est-ce que ça va ? Je t'ai vue, tu as essayé de te défendre. C'est bien.

— Je... J'ai eu très peur... C'est pour ça qu'il ne faut pas que je sorte... Les autres... Ils sont dangereux.

— Je ne peux pas te ramener à l'appartement. Je n'ai pas le temps. Ça ira. Tu peux te coucher sur la banquette arrière. Il y a une couverture. Tu seras en sécurité.

Il gare la voiture sur le bas-côté et m'installe à l'arrière, essuyant au passage mon visage tâché de sang avec un mouchoir. De là, je peux voir les étoiles. Resplendissantes. Je n'en avais pas vu depuis longtemps. Cette vision m'apaise et je m'endors.

2.

— Réveille-toi.
Sa voix me sort de mon sommeil.
— Il neige, dit-il.
— Il neige ?
Il m'entraîne dehors. Un lac gelé, des sapins recouverts d'un manteau blanc et des flocons se dessinent devant moi. Et ce silence intense.
— C'est tellement beau. Merci.
— Je savais que ça te plairait.
Il m'enveloppe dans ses bras et me serre contre lui. Malgré le froid mordant qui anesthésie mon visage et mes doigts, je me sens étrangement bien. Comme si tout cela m'était familier. Nous contemplons ce paysage enchanteur un moment, puis il me dit à l'oreille : « On va manger ? ». Il me raccompagne à l'avant de la voiture.
Nous nous arrêtons quelques kilomètres plus loin dans un restaurant situé au milieu de nulle part. Une serveuse nous installe et nous tend une carte. Je ne comprends pas les intitulés de la plupart des plats proposés. Ils sont très différents de mon alimentation habituelle, sélectionnée par ses soins. Je fais semblant de réfléchir et pose le menu dès qu'il

pose le sien sur la table. Lorsque la serveuse revient, il lui donne notre commande, puis allonge ses jambes sur la banquette et ferme les yeux. Mal à l'aise, je me tiens bien droite, les mains crispées sur mes cuisses, tout en observant les lieux. Mis à part nous, il y a deux hommes âgés assis au bar qui boivent un café. Ils me rappellent un peu ce tableau de Hopper que j'ai vu dans un livre, mais avec plus de couleurs vives et de néons. La serveuse dépose notre commande devant nous. Des gaufres pour nous deux, un thé et un café, énonce-t-elle. Je contemple mon plat, perplexe. Je n'ai jamais rien mangé de tel. Il se réveille et verse du sirop sur mon plat et sur le sien.

— C'est meilleur comme ça.
— Merci.
— Mange.

J'en découpe un morceau et le goûte. Cela provoque une explosion de sucre dans ma bouche à laquelle je ne suis pas habituée.

— Alors ?
— C'est bon.
— Tu as réussi à dormir ?
— Oui.
— C'est bien. Je suis désolé pour hier soir.
— Ce n'est pas grave. Cette matinée est parfaite. Merci.
— Bientôt, je vais devoir m'absenter quelques jours. Tu as l'habitude, maintenant.
— Oui.
— Je ne veux pas que tu oublies de manger. D'accord ?
— Oui...

Il m'observe un instant et me demande :
— Qu'est-ce qu'il y a ?
— Je ne veux pas que tu me laisses seule, encore.

— Je ne peux pas t'emmener.
— À ton retour, pourra-t-on passer plus de matinées comme celle-ci ?
— Je vais y réfléchir.
Il est nerveux tout à coup. Peut-être à cause de ma demande ? Ou de son téléphone qui n'arrête pas de sonner ?
— On y va.
Il boit sa tasse de café d'une traite, règle la note et me prend la main.
Une fois de retour dans la voiture, il appelle Vanessa.
— Alors, comment ça s'est passé ? demande-t-elle.
— C'est allé. Mais je vais devoir redescendre. Ça ne me plaît pas.
— Quant à ce gros porc, tu en as vraiment fini avec lui ?
— Oui, tu peux le rayer de la liste des clients.
— Ça ne va pas effrayer les autres ?
— Non, ne t'inquiète pas.
— Tu veux que je te prépare quelque chose pour ton départ ?
Il me regarde et lui dit :
— Je vais me débrouiller. J'aimerais juste que tu passes la voir pour m'assurer qu'elle mange.
— Tu ne veux pas non plus que je lui remplisse sa gamelle ? Tu la traites comme un animal de compagnie.
— Ne la sors pas.
— Mais elle ne va pas s'enfuir.
— Vanessa, je t'interdis de la faire sortir.
— On verra. À ce soir.
Elle raccroche.
— Ne la suis surtout pas. Elle va essayer de te faire sortir. Je la connais.

— Mais... je peux rester seule, comme d'habitude. Je te promets que je mangerai.

Il me fixe un instant, me caresse le visage et dit :

— Tu es en train de changer. Fais attention.

— Je suis désolée, dis-je en baissant la tête.

Il démarre la voiture. Cette phrase signifie qu'il sait que je lui désobéis. Que je commence à enfreindre les règles qu'il a établies. Et surtout, que je vais être punie pour cela. Il a compris que je me souvenais, que je n'ai plus la force de faire semblant quand il n'est pas là et que je passe ce temps, comatant en attendant qu'il revienne. Le livre qu'il m'a offert était en fait un piège que je n'aurais pas dû ouvrir. Il me teste. Pour savoir jusqu'où je suis prête à aller. Avant de remettre les compteurs à zéro.

« On est arrivé. » Il m'ouvre la portière et me tend la main. Il ne neige pas chez nous. Le jour s'est levé. Mais il n'y a toujours aucune âme qui vive sur le parking. Seulement moins de voitures par rapport à hier soir.

— Je suis fatigué, dit-il en appuyant sur le bouton de l'ascenseur. Je vais aller me reposer un peu.

Il ouvre la porte d'entrée et se déshabille dans le salon. Ses plaies sont déjà presque guéries. Une fois en sous-vêtement, il se rue dans la chambre et claque la porte derrière lui. Je me poste à la fenêtre du salon. La neige tombe ici aussi maintenant. La vitre est froide. À travers le voilage, j'aperçois d'autres bâtiments en face de chez nous. L'ensemble est plutôt gris, triste et étrangement calme, comme si personne n'y habitait. L'horloge affiche 15 h. Je prends le temps d'écouter cette petite voix. Cette intuition qui me dit que je connais cette candidate et que ce qu'il fait dehors est mal. Que quelque chose cloche. Que j'ai un passé et des souvenirs. Qu'ils sont bien là. Cette voix m'assure qu'elle va tout me raconter et qu'elle va m'aider. Encore. Cette fois, je secoue la tête. Je ne veux plus lui désobéir, j'ai peur de ce qu'il pourrait me faire en apprenant que je sais. Je ne veux plus rien savoir. La nuit tombe et ma tête se vide face à l'apparition des lumières ambrées du ciel au coucher du soleil.

— Tu es restée là tout ce temps ? demande-t-il en s'accroupissant près de moi. Qu'y a-t-il de si intéressant à regarder là-bas ?

— L'immensité.

— L'immensité ? répète-t-il.

— Il y a des gens qu'on ne voit pas, leurs histoires et la nature aussi qui essaie de faire son chemin. Pourquoi y a-t-il si peu d'arbres ici ?

— Tu veux qu'on déménage dans un endroit plus arboré ?

— Je me sens bien auprès de la nature.

— Il n'y a que près de moi que tu dois te sentir bien, dit-il, l'air contrarié.

— Il n'y a que près de toi que je me sens bien. Mais tu n'es jamais là.

Il me regarde avec de grands yeux.

— Qu'est-ce que tu as dit ?

— Pardon...

Il me gifle et s'en va en claquant la porte, me laissant seule, le visage lancinant de douleur. Je me mets à pleurer. Je l'ai déçu. C'est pour nous qu'il fait tout ça. Je me lève, essuie mes larmes, range et nettoie l'appartement, puis me prépare à dîner. Je m'assieds par terre, devant la fenêtre, continuant à fixer l'horizon et toutes ces forces invisibles. Minuit, je me lève pour aller me coucher, dans le lit que nous partageons. Seule.

Ce n'est pas le soleil qui me réveille, comme à mon habitude, mais la sonnerie de la porte. Mon corps est engourdi et faible. Je traîne des pieds jusqu'à la porte et regarde à travers l'œillère. C'est Vanessa. Je me souviens alors de la conversation dans la voiture et ouvre.

— Bonjour Vanessa. Tu es passée...
— Il avait changé d'avis et ne voulait plus que je te rende visite. Juste que je t'appelle. Mais cela fait trois jours que tu ne réponds pas, donc me voilà. Est-ce que ça va ?
— Oui.
— Je peux entrer ?
— Je ne sais pas...
— C'est lui qui m'a envoyée et il attend mon rapport.

Elle pousse la porte, que je referme derrière elle, et entre. Puis me scanne de haut en bas.

— Je suis encore en pyjama, désolée. Veux-tu quelque chose à boire ?
— Un thé, s'il te plaît.
— D'accord.

Je traîne une nouvelle fois mon corps jusqu'à la cuisine pour nous préparer un thé. Ma langue est pâteuse. Trois jours. J'ai dormi trois jours. Plateau à la main, je la rejoins sur le canapé.

— Tu as l'air affaibli. Est-ce que tu as mangé ?
— Non... Je... J'ai dormi, je crois.

La soif me tiraille et je m'empresse de boire mon thé, qui me brûle les lèvres.

— Doucement !

Je pose la tasse et pousse un cri qui me surprend.

— Ça va ? s'inquiète Vanessa.
— Oui. Pardon. C'est très gênant. Pardon... Pars, s'il te plaît. Je vais bien.
— Tu es sûre ? Tu ne veux pas venir avec moi ? Ce sera plus facile de te surveiller à la maison.

— Non.
— Il t'a interdit de me suivre, n'est-ce pas ? demande-t-elle en rigolant. Il est censé revenir dimanche. D'ici là, viens passer un peu de temps chez moi. On sortira entre filles et on ira faire du shopping. Et tu pourras dormir tranquillement la nuit, car je serai au travail.
Je l'observe un instant, dubitative. Elle, semble très enthousiaste à cette idée.
— Ça te dit ?
— Non merci. Ne t'inquiète pas pour moi. Je répondrai au téléphone maintenant, c'est promis.
— Tu es sûre ? Tu veux faire la fête avec tes amis, c'est ça ? Je peux t'aider, tu sais. Je ne lui dirai rien. Promis.
Son téléphone sonne. Elle le consulte, amusée, et décroche.
— Je te soupçonne d'avoir installé des caméras de surveillance dans cet appartement. Oui, elle va bien. Elle a l'air... comme d'habitude. Elle est grande, qu'est-ce que tu veux qu'elle fasse ? Quoi, toi aussi tu veux que je parte ? Hum. Hum. Bon, d'accord. Mais c'est bien parce que c'est toi. Tu ne veux pas lui parler ? Non ? À samedi, alors.
Elle raccroche.
— Finalement, il va revenir un peu plus tôt. Bon. Mon rôle se termine ici. Je te laisse vu que vous ne voulez pas de moi, capitule-t-elle avant de se lever et de me serrer dans ses bras. Prends soin de toi.
— Merci. Au revoir.
Je la raccompagne à la porte. Elle n'est plus là. Enfin.
Soulagée, je m'assieds sur le canapé et termine mon thé, puis je vais me préparer à manger. Ma bouche est toujours aussi sèche, alors je bois quelques gorgées d'eau fraîche. Faire une fête, a-t-elle dit ? Avec qui ? Je ne connais personne. Je m'assieds à table face au mur blanc et mange. Il revient

samedi, a-t-elle dit. Cela est-il encore loin ? Vu son intonation, je dirais que samedi arrive bientôt. Mais quand ? Combien de temps vais-je encore devoir rester seule ? La nourriture remplit son rôle et je me sens bien mieux.

16 h. Je fais quelques étirements, puis je lis ce livre interdit. Me l'a-t-il vraiment offert pour me piéger ? Ou bien pour me faire comprendre autre chose ? *C'est autre chose*, me souffle cette petite voix. *Si tu finis le livre, je t'en dirai plus.* Non. Il est presque minuit, je dois aller me coucher.

Une sonnerie de téléphone me sort de mon sommeil. Je l'ai placé sur la table de chevet afin de ne plus rater les appels de Vanessa.

— Je rentre. Réveille-toi.
— C'est toi ?
— Oui. J'arrive.

Il raccroche. Je me lève d'un bond et m'attèle à reprendre ma routine. Quelle heure est-il ? Je me précipite dans le salon pour vérifier : 10 h. Ce n'est plus l'heure du petit-déjeuner. Je range et nettoie encore. Il y a juste une tasse dans l'évier que je ne me souviens pas avoir utilisé et une assiette. Je suis impatiente de le revoir. Je m'assieds sur le canapé. Mon cœur bondit lorsque j'entends la clé tourner dans la serrure. Je me poste à l'entrée pour l'accueillir.

— Enfin, tu es là.

Il me caresse la tête et l'embrasse.

— J'ai réussi à tout régler pour passer quelques jours avec toi.
— Vraiment ?
— Oui.

Son téléphone sonne, il sourit et décroche.

— Oui, Vanessa, je suis bien rentré. Elle va bien. On se voit dans deux jours. Ne m'appelle pas avant.

Il raccroche et met un peu d'espace entre nous.
— J'ai apporté le dîner.
Il me montre un sachet qui dégage une forte odeur d'épices.
— C'est du curry.
— Du curry ?
Pourquoi me laisse-t-il goûter à ces plats si différents de ce qui m'est autorisé habituellement ? Il m'a constitué un régime strict, composé essentiellement de plantes, très peu de viande et peu d'épices.
— Pourquoi as-tu acheté cela ? Je nous aurais préparé quelque chose, comme d'habitude.
— Pour que tu retrouves l'appétit. Mangeons.
Le riz et la sauce sont disposés dans une assiette en carton. Il me tend un couvert en plastique.
— C'est pour que je n'aille pas dans la cuisine ?
— Oui, je ne veux pas te perdre de vue ce soir.
Je plante la fourchette dans le riz jaune que je mélange avec un peu de sauce brune. Le tout est légèrement pimenté. Les saveurs remplissent ma bouche et m'étonnent. C'est très différent. Pas mauvais, mais si différent. J'en mange quelques bouchées puis m'arrête à mi-chemin.
— Tu n'as déjà plus faim ?
— C'est un peu trop.
— Fais un effort.
Je me force à finir. Mais je sais déjà que je vais être malade. C'est bien plus gras que d'habitude et bien trop copieux.
— Je crois que je vais être malade.
— Va te coucher, je vais t'amener des médicaments.
Je me lève et me rends dans la chambre pour me coucher. Il m'apporte un verre d'eau avec des cachets que j'avale.
— Il faut que tu manges et que tu suives le programme.

— Je n'y arrive plus...
— Tu ne veux pas que je te punisse à nouveau ? Je n'aime pas faire ça.
— Je te promets que je le ferai.
Il me prend la main et la caresse. Puis il se couche près de moi.
Je n'arrive pas à trouver le sommeil. J'ai peur. Comme à chaque fois, il me serre contre lui pour dormir. Et s'il se rend compte que je ne dors pas ? Aide-moi, petite voix. Guide-moi. J'ai besoin d'aide. Je ne veux pas qu'il me punisse. Je veux qu'il soit content d'être là et qu'il ne parte plus. Mais je veux savoir. Je ne peux plus continuer à errer dans cet appartement. À suivre cette routine. Aide-moi, je t'en supplie. Dis-moi tout.
Mais elle reste muette.
Au milieu de la nuit, il se lève et va s'asseoir dans le salon pour regarder la télévision. Je crois qu'il écoute les nouvelles. Je n'ai pas le droit de regarder la télévision. Elle représente une fenêtre sur le monde qu'il ne veut pas que j'ouvre afin de me protéger. Quelques heures plus tard, il revient se coucher. Il dort toujours très peu la nuit. Ses va-et-vient me réveillent à chaque fois. Je me demande combien de temps il dort. Pour tenir, il faut bien qu'il se repose, non ? *Il dort ailleurs, ne t'inquiète pas.* Oui, il doit dormir ailleurs.
Lorsque je sens les premiers rayons du soleil traverser la fenêtre, je me lève. Comme d'habitude, je lui prépare son petit-déjeuner, puis le mien. Il me rejoint à table un peu plus tard.
— Tu as pu dormir ? Tes yeux ont l'air un peu fatigués.
— Oui. Les médicaments ont fait effet. Merci.
— Qu'est-ce que tu veux faire aujourd'hui ?
— Je ne sais pas. Ce que tu veux.

Durant les journées que nous passons ensemble, nous avons l'habitude de jouer aux échecs ou de lire. Parfois, il me raconte des histoires. C'est ce que nous faisons pendant ces deux jours. Le soir du deuxième jour, il me laisse et va travailler. À son départ, je me poste devant la fenêtre et pousse légèrement le voilage. Je l'aperçois en bas. Il rejoint Vanessa, qu'il embrasse sur la bouche et enlace. Lui a-t-elle aussi manqué ? À ce moment, sa tête se tourne dans ma direction et je lâche instantanément le voilage. Mon cœur se serre. Je ne suis pas la seule femme dans sa vie.

Le lendemain après-midi, il rentre à la maison et semble embêté.

— Serais-tu d'accord pour sortir aujourd'hui ?
— Vraiment ?
— Je vais avoir besoin de toi pour cette fichue affaire. Cette fois, il ne devrait pas y avoir de soucis.
— Que dois-je faire ?
— Paraître innocente. Je sais que tu es douée à ce jeu-là.
— D'accord.

Tu te souviens de ce jeu-là ? Tu y as déjà joué. Il a raison, tu es très douée. Je secoue légèrement la tête, essayant de la faire taire. Pas devant lui, s'il te plaît.

Ma dernière sortie remonte à vingt-huit jours et cela ne s'était pas bien passé. Je suis un peu tendue, mais j'ai confiance en lui, il est là pour me protéger. Il me met mon manteau et nous descendons à la voiture. « Avant, on va aller voir un ami, » m'indique-t-il sur le chemin.

Les rues sont un peu différentes par rapport à la dernière fois. Il y a des décorations étranges accrochées ici et là. Certaines sont en forme de cadeaux, de sapin et d'un vieux bonhomme barbu. Il y a aussi plus de monde dehors, des personnes emmitouflées dans leur manteau, les bras remplis

de paquets. Ils semblent tous excités, comme s'ils se rendaient à une fête.
— Que se passe-t-il dehors ?
— Rien de particulier. Pourquoi ?
— Les gens semblent heureux et les rues sont décorées. Va-t-il y avoir une fête ?
— C'est bientôt Noël.
— Noël ? Qu'est-ce que c'est ?
— Une fête durant laquelle les gens se réunissent et s'offrent des cadeaux. La plupart des gens ne travaillent pas à cette période de l'année. C'est pour ça qu'il y a autant de monde dehors.

C'est pour ça qu'on est là, comme au bon vieux temps.
— Oui, c'est aussi pour ça que tu es là.

J'ouvre grand les yeux, tournant la tête vers l'extérieur. L'a-t-il entendue ? Comment cela peut-il être possible ? Non, ce n'est qu'une coïncidence. Je t'ai déjà dit de te taire quand il est là. S'il te plaît, petite voix...

Nous quittons la voie principale pour prendre une petite rue qui mène à un lotissement. Toutes les maisons se ressemblent ou presque. Elles ont des lignes très épurées et des jardins bien entretenus. Certaines sont aussi parées de guirlandes de toutes les couleurs. Il récupère une boîte sur la banquette arrière avant de m'ouvrir la portière. Nous nous dirigeons vers un portail noir en fer. Un homme nous ouvre et nous fait entrer.
— C'est qui, elle ? lui demande cette personne.
— Ma sœur. Ne t'inquiète pas.

Il nous conduit au salon. L'intérieur est fait de lignes aussi sobres que chez nous, avec les couleurs en plus. L'homme qui nous a accueillis porte un pull rouge et un jogging, il a des cheveux blonds ébouriffés et traîne des pieds en marchant. Il

s'assied sur un canapé bleu et nous faisons de même ; une table basse en bois nous sépare. Nous n'avons pas pris le temps d'enlever nos manteaux. Il lui tend la boîte et lui dit :
— Comme d'habitude. Un peu de chaque.
— Merci. Je commençais à être un peu en manque. En plus, ma femme me tape sur les nerfs. Je t'ai dit que nous allions nous marier ?
— Félicitations, Éric. Comment va ta fille ?
— Elle va bien. Elle est scotchée devant son dessin animé préféré dans la salle de jeux. Et tout se passe bien à l'école.
— Tu devrais peut-être ralentir ta consommation, alors.
— Un dealer qui dit à son client de ralentir ? N'importe quoi.
En disant cela, Éric ouvre la boîte et sort un sachet de boules vertes qu'il ouvre et hume, puis il lui en propose.
— Non merci. J'ai encore des choses à faire aujourd'hui.
— C'est parce que ta sœur est là ? demande-t-il en me regardant et en rigolant. Les femmes nous pourrissent la vie.
— Mais que ferions-nous sans elles ?
— Oui, tu as raison.
Il ouvre un autre petit paquet rempli de poudre blanche et le hume à son tour.
— Ce sera parfait pour ce soir. J'organise une soirée, ça te dirait de venir ? Mes amis seraient heureux de te rencontrer, tu sais.
— Non merci.
— Et ta sœur ?
— Quoi ma sœur ?
— Ça ne lui dirait pas ?
— Non, ça ne lui dirait pas.
— Dommage.
Il me regarde de haut en bas, l'air intéressé, en me souriant.

— Je vais y aller, déclare-t-il.
— Oh, d'accord.
L'homme se lève, fouille dans le tiroir d'une console installée derrière le canapé et en sort une grosse enveloppe.
— Voilà pour toi. Il n'y a pas tout. Je te donnerai le reste plus tard, comme d'habitude.
Il acquiesce et se lève pour prendre l'enveloppe, puis la glisse dans sa veste. Soudain, le regard d'Éric se fige et ses yeux s'écarquillent, surpris.
— Ché-chérie, qu'est-ce que tu fais là ? Tu es déjà rentrée ?
— Oui. J'ai voulu t'appeler, mais je n'avais plus de batterie. On a des invités ?
— Euh... oui. Oui.
— Nous allions partir.
Il me fait signe de cacher la boîte, que je dissimule derrière un coussin.
— Votre futur mari et moi nous sommes rencontrés sur les bancs de la fac. Je passais dans le coin avec ma fiancée, alors je me suis dit que nous pourrions lui rendre visite. Je ne lui avais pas encore présenté Éric. Maintenant, elle peut mettre un visage sur le gars avec qui je faisais les quatre cents coups. Sur ce, je ne vais pas abuser de votre hospitalité. Au revoir. C'était un plaisir.
Il me prend la main. Une petite fille aux cheveux blonds jaillit d'un couloir et se jette dans les bras de la femme.
— Maman ! Tu es rentrée ! crie-t-elle
— Je les raccompagne, chérie, dit Éric.
Il nous reconduit à la porte et lui dit :
— Merci. Par contre, je ne sais pas si je vais pouvoir réunir l'argent aussi vite que prévu. Elle était en voyage et ne devait rentrer que demain...

— Je t'accorde une journée supplémentaire, pas plus. C'est bien parce que c'est toi.
— D'accord. Désolé.
— Oh ! Le monsieur a apporté des gâteaux ! s'écrie l'enfant au salon.
— Merde !
— Attends un peu, Meredith, je vais t'en servir, ajoute la femme.
Éric se retourne violemment et hurle en nous laissant :
— Non, chérie, attends !
— Qu'est-ce que...
Je n'ai pas le temps d'entendre la fin de la phrase. Il me reconduit à la voiture, démarre et soupire :
— Sa femme a découvert son petit secret. J'ai perdu un client sympa. Tant pis.
Demande-lui si c'était de la drogue et s'il en prend encore.
— C'était de la drogue ?
— Oui.
— Tu en prends encore ?
— Non.

J'ai écouté la voix, sans réfléchir. Trop curieuse d'en savoir plus sur la situation. Il répond de manière sèche, évidemment. Il détourne le regard vers la gauche. Il ment. Je tourne à mon tour la tête vers la vitre et ferme les yeux. Je nous vois dans un endroit que je ne connais pas ; il consomme des substances. Je ressens de la peur et mon rythme cardiaque s'accélère. Il me bat. Une punition. Je me rappelle une punition. J'ouvre les yeux et secoue la tête. Il pose sa main fermement sur ma cuisse et me dit :
— Cela ne doit plus arriver.
— Je suis désolée.

Ces souvenirs sont-ils causés par cette voix qui devient de plus en plus présente ? Elle n'est pas qu'une intuition ou une pensée. Je crois qu'elle existe.

Il gare le véhicule et sort pour récupérer quelque chose dans le coffre. Un sac de sport noir. Puis il m'ouvre la portière pour m'aider à descendre. Une voiture de police passe lentement à côté de nous. Il s'approche doucement de moi, m'embrasse sur le front et prend ma main. Il m'adresse ce sourire qui ne lui appartient pas. Bien trop enjoué. Comme celui de l'affiche publicitaire que j'ai vu sur le trajet. Je le suis. Ce bâtiment est aussi grand que celui où se trouve notre appartement, mais semble plus vétuste et il est recouvert d'écritures multicolores. Un homme armé nous accueille dans la cage d'escalier et nous accompagne jusqu'à l'ascenseur.

— C'est qui, elle ? lance-t-il.
— Ma couverture.
— C'est une de tes putes ?
— Non.
— Y'en a des comme ça là-bas ?
— Il n'y a rien de comparable à elle sur cette terre, dit-il en me serrant contre lui. Mais il y a des choses très intéressantes dans mon bar. Je suis sûr que tu y trouverais ton bonheur.

Nous arrivons à l'étage. Un autre homme armé nous accueille. Nous le suivons jusqu'à une porte rouge criblée de tags. J'entends des cris dans le couloir, comme deux personnes qui s'engueulent. On nous ouvre. Dans le salon se trouve un homme chauve qui porte une chemise bariolée et un pantalon noir. Il est assis sur un fauteuil noir entouré de deux hommes, armés eux aussi. L'endroit sent les ordures, mais il s'en dégage aussi une étrange odeur de verdure.

— Quelle joie de vous voir ici ! s'exclame l'homme chauve en se levant et en souriant, laissant apparaître deux dents en argent. Vous ne nous faites pas souvent cet honneur.
— Ce n'est pas mon job.
— C'est qui, elle ?
— Ma couverture.
— Quel dommage ! Je croyais que vous m'apportiez une de vos putes en cadeau pour les fêtes.
— Je ne fais pas de cadeau. Des packages, à la rigueur, mais tu n'aurais pas les moyens de te les offrir. D'ailleurs, où est mon argent ?
— Vous êtes trop pressé. J'ai l'immense honneur d'approcher le boss, je veux savourer le moment. Venez donc prendre un verre avec moi.

Il indique les verres et la bouteille posés sur une table basse devant lui.

— J'ai autre chose à faire. Donne-moi ce que tu me dois.

Un des hommes armés me tend un sac identique au nôtre.

— C'est bon, on y va.
— Attendez un peu.

Un des hommes me saisit violemment par le bras et pointe son arme sur ma tempe.

— Discutons un peu affaires. Si tu pars, je la tue.
— Discuter affaires ?
— Oui. Pour faire simple, je veux ce que tu as.

Ces mots le font rire.

— Tu veux ce qui m'appartient ? L'organisation que j'ai montée est bien trop complexe pour que tu y comprennes quoi que ce soit.
— Continue de me provoquer et tu vas voir ce que je vais faire à ta couverture.

— Qu'est-ce que tu veux lui faire ? Vas-y, parle, tu m'intéresses.
— On va la défoncer, moi et tous mes potes.
— Quelle poésie.
L'homme chauve se rapproche de moi.
— Tu ne me crois pas ? Je vais le faire devant toi.
— Vas-y. Qu'est-ce que tu attends ? J'ai envie de voir ça.
Je le regarde, apeurée, l'appelant intérieurement à l'aide. Mon cœur bat fort. L'homme m'arrache mon manteau, déboutonne son pantalon devant moi et glisse ses mains sous ma robe. Soudain, un bruit sourd se fait entendre. Puis d'autres. Les deux hommes armés tombent.
— Qu'est-ce que tu fous ? Tu es chez moi ici ! hurle l'homme à la chemise bariolée.
— Quelle drôle de façon de traiter ses invités.
Son regard est devenu noir. Je me rends compte qu'il se délecte du sang qui coule. Il tire dans le genou du chauve qui s'écroule à son tour. Les balles sont silencieuses. Il me prend contre lui, pose l'arme sur ma tempe et rapproche mon visage de l'homme à terre.
— Alors, qu'est-ce que tu vas lui faire maintenant ?
— Pardon. Ne me tue pas.
— Ne me tutoie pas. Tu sais ce qu'on dit ? Il faut toujours en laisser un vivre afin qu'il puisse faire perdurer la légende.
Il tire dans le deuxième genou de l'homme, puis dans le bras. Chaque détonation me fait sursauter. Le gémissement rauque qu'il pousse me glace le sang. Il ramasse le sac et lui tourne le dos. Sa main sur mon épaule, je me laisse guider comme un robot, trop choquée par ce qui vient de se passer. Soudain, une détonation retentit et une douleur me traverse le bras. Il se retourne brusquement et tire encore, me laissant

m'écrouler de douleur. Il me soulève dans ses bras et m'entraîne en courant dans les escaliers jusqu'à la voiture.
— J'ai mal au bras... Qu'est-ce que...
— Je t'emmène à la clinique.
Il démarre violemment. Je l'entends lancer un appel, mais je ne perçois plus les sons. Le paysage défile à toute allure. La douleur dans mon bras est lancinante, insupportable et pourtant si familière.

3.

Tout autour de moi est trop blanc et trop clair. Mon bras ne me fait plus mal et il est bandé. Des tuyaux reliés à une poche sortent de mon poignet. Je ne porte plus mes vêtements, mais une blouse blanche conçue dans un étrange tissu. Où suis-je ? Ce n'est pas l'appartement. Je me sens soudain oppressée. J'ai peur. Ma vision se trouble et j'ai des flashbacks d'un endroit similaire, plus lugubre. Je dois partir d'ici. Prise de panique, j'arrache les tuyaux de mon bras gauche et me lève du lit. Je ne sais pas où aller. Je regarde par la fenêtre, mais c'est bien trop haut. J'entends des pas devant la porte. J'ouvre une porte, celle en face du lit ; c'est la salle de bain. Je m'y enferme à clé et tombe contre la porte, effrayée.

— Mademoiselle ? Où êtes-vous ? Êtes-vous dans la salle de bain ?

Elle frappe à la porte et essaie d'entrer.

— Est-ce que ça va ? Ouvrez, s'il vous plaît.

Elle s'éloigne, je crois. Quelques minutes plus tard, j'entends sa voix qui me dit :

— Tout va bien. Nous sommes dans une clinique. Tu as eu un accident. Ouvre la porte maintenant, n'aie pas peur.

J'ouvre doucement. Il est bien là. Son regard est inquiet. Il écarte les bras et m'attrape.

— Tout va bien. Ne t'inquiète pas. Suis l'infirmière et laisse-la faire. Elle va te soigner.

Je retourne dans le lit. L'infirmière prend mon bras et remet les aiguilles en place.

— Vous guérissez vite. Vous devriez bientôt sortir, me dit-elle en souriant. Je vous laisse.

Elle s'en va. Il me serre de nouveau dans ses bras.

— Pourquoi as-tu pris peur ?

— Je ne sais pas. J'ai juste eu très peur, peur que tu m'aies abandonnée.

— Ça n'arrivera jamais.

Blottie contre son torse, je me sens parfaitement bien et rassurée. Mes angoisses s'estompent. Je suis en sécurité. À la tombée de la nuit, il me laisse. Les médecins passent pour m'examiner.

— Je pense que vous pourrez sortir dès demain. Une infirmière passera pour changer vos pansements.

Je hoche la tête. Ces hommes en blouses ont l'air gentils. Alors pourquoi éveillent-ils une crainte en moi ?

Le lendemain midi, il vient me chercher. L'infirmière lui donne ses dernières recommandations.

— Voulez-vous que nous vous recommandions une infirmière pour le changement des pansements ?

— Non, j'ai une amie infirmière qui se chargera de la soigner.

— Très bien. Voici les antidouleurs au cas où elle souffrirait encore. Mais elle a été très courageuse. C'est bien, mademoiselle, dit-elle en lui tendant un sachet avec les médicaments.

Je lui souris, la remercie et pars me rhabiller dans la salle de bain. Il m'a choisi une robe blanche ajustée à la taille et boutonnée sur le torse. Les manches longues se resserrent aux poignets et la jupe caresse mes genoux. La matière est douce et chaude. J'ouvre la porte et il me prend par la main pour m'accompagner jusqu'à la voiture.

— Que s'est-il passé ?

— L'homme à terre a récupéré une arme et essayé de me tuer. Mais c'est ton bras qu'il a touché.

— Que leur as-tu raconté à la clinique ?

— Rien. Je leur ai juste dit que tu avais reçu une balle dans le bras. C'est une clinique particulière. Tu paies et ils te soignent. Ils ne posent pas de questions.

— Combien de temps suis-je restée là-bas ?

— Deux jours.

— Est-ce que j'ai perdu beaucoup de sang ?

— Non. Tout va bien maintenant. Tu vas guérir rapidement.

— Une infirmière va vraiment passer à la maison ?

— Tu n'as pas besoin de ça.

Il est redevenu froid. Est-il préoccupé par son travail ? Normalement, à cette heure-ci, il devrait déjà être au bureau. Il pianote sur le grand écran tactile du tableau de bord et lance un appel.

— Allô ?

— Vanessa, je serai en retard ce soir. D'ailleurs, il est possible que je ne vienne pas. Il n'y a rien d'urgent ?

— Non, tout va bien. Je gère. Tu peux rester à la maison. Qu'est-ce qui ne va pas ?

— Rien. Je suis juste un peu fatigué.

— Toi, fatigué ? C'est elle, n'est-ce pas ? Elle est malade ?

— Non, elle n'est pas malade.

— Tu préfères rester avec elle ?

Il soupire et serre la mâchoire.

— Non, ce n'est pas ce que tu crois. Je ne suis pas jalouse. Je sais que tu veux passer plus de temps avec elle. C'est ta seule famille après tout.
— À plus tard.
Il raccroche.
Une heure plus tard, nous arrivons à l'appartement. Il me demande d'aller me mettre en pyjama. Alors que je me change, il entre dans la pièce, puis se retourne brusquement. Je ne suis pas gênée à l'idée qu'il me voie nue. Mais depuis quelque temps, lui semble l'être. Il change de pièce lorsque je me déshabille ou bien il me tourne le dos. Il repart et je l'entends s'asseoir sur le canapé. Je le rejoins et nous restons un moment sans rien dire.
— Je vais aller travailler. Évite de trop bouger le bras. N'oublie pas de manger pour prendre des forces. Ça t'aidera à guérir. Et je ne veux pas que tu prennes ces médicaments, même si tu as mal. Compris ?
— Oui.
— Va te coucher maintenant. Il est tard.
Il m'embrasse sur le front. Son baiser me trouble. Je détourne la tête en direction de la télévision et aperçois l'immeuble où l'accident a eu lieu. Une explosion s'est produite à un étage. Il l'éteint et s'en va. Je rejoins le lit pour me coucher.
La douleur dans mon bras est lancinante. Je serre les dents. *Prends ces médicaments, ça te fera du bien.* Non. Il me l'a interdit, je ne peux pas, me murmurai-je à moi-même. Il me semble alors que la voix est différente de celle que j'entends d'habitude. *Il ne veut pas ton bien. Il te retient prisonnière ici, toute seule. Il ne fait même pas venir une infirmière pour te soigner. Il te hait. Il va te tuer, te laisser mourir.* Tais-toi ! Tu dis des bêtises. Je croyais que tu voulais m'aider à comprendre. *Mais c'est ce*

que je fais. Chut. Chut. Tais-toi. Je dois dormir maintenant. S'il apprend... *Que tu es restée éveillée tard, il va te punir ?* Oui, tais-toi, s'il te plaît. Elle se tait enfin et je ferme les yeux.

Sept jours plus tard, ma blessure au bras a cicatrisé. Après cela, la vie a repris son cours ou presque. Il a recommencé à travailler autant qu'avant et malheureusement, je ne le vois plus beaucoup. Quand il est là, j'ai l'impression qu'il me fuit. Son regard est triste et inquiet. J'essaie pourtant de me montrer docile et avenante comme il le souhaite, mais j'ai le sentiment qu'il veut autre chose. Quant à la petite voix, elle me semble plus présente. Parfois, j'ai l'impression de l'entendre me parler de manière distincte. Ou devrais-je dire les entendre. Elles sont deux. L'une douce et l'autre plus agressive.

Je sais de quoi tu as eu peur. Tu veux que je te rafraîchisse la mémoire ? me murmurent-elles chacune leur tour, tous les soirs. Mais je ne veux plus les écouter. Je veux oublier cette sensation oppressante que j'ai ressentie à la clinique. Pour me distraire, je suis la routine qu'il a établie à la lettre. Me lever avec le soleil, prendre le petit-déjeuner, me laver, étudier, manger, lire, faire des étirements. De temps à autre, faire de la broderie ou de la peinture. Plongée dans le vide de mon esprit, les journées s'éternisent. Parfois, pourtant, elles me paraissent étrangement courtes, comme si j'avais dormi une partie de la journée. Des objets changent de place sans que je me rappelle les avoir touchés. Suis-je en train de devenir folle ?

Il pleut dehors. Après quinze jours d'absence, il a réussi à passer un après-midi avec moi. Nous jouons aux échecs,

comme souvent quand il est là. Je réfléchis à ma stratégie et soudain, il me dit :
— Vanessa est intriguée par toi. Elle me demande tout le temps de tes nouvelles. Elle voudrait que vous passiez du temps ensemble. Elle n'arrête pas d'en parler. Aimerais-tu passer une journée seule dehors ?
— Je ne serai pas seule si elle est là.
— Mais je ne serai pas là pour te protéger. C'est pareil.
— Il ne devrait rien m'arriver, si ? Où veut-elle m'emmener ?
— Tu veux y aller ?
Je baisse la tête, craignant que mon envie de me distraire le contrarie.
— Elle viendra te chercher demain matin.
— Entendu.
Il pose sur moi un regard interrogateur. Je ne sais pas si c'est un test. Suis-je toujours en phase de « rééducation » ou s'agit-il d'une récompense pour m'être bien comportée ? Malgré nos mésaventures lors de notre dernière sortie, je suis excitée à l'idée de quitter l'appartement. Seule. Impatiente à l'idée de ne pas avoir à suivre cette routine. Et fière de cette marque de confiance qu'il me témoigne.

Un peu avant le lever du jour, je suis déjà réveillée. Lui aussi. Il cherche des vêtements dans l'armoire.
— Tu es déjà réveillée ? Le soleil n'est pas levé.
— Oui.
— Je prépare tes affaires pour aujourd'hui.
— Je croyais que je ne restais que la journée ?
— Elle va sûrement insister pour passer la soirée avec toi.
— Ah oui ?

— J'ai du travail, je ne rentrerai pas ces deux prochains jours. Elle vit assez loin d'ici. Comme ça, tu ne seras pas tout à fait seule.
— Merci.
Il me fixe avec cette même mélancolie. Est-il inquiet ? A-t-il peur de me perdre ? Aussi loin que j'aie le droit de me souvenir, il ne m'a jamais laissée faire une telle chose.
— Va manger et te doucher.
Je m'exécute. Vers 10 h, elle frappe à la porte. Il va lui ouvrir, lui tend mon sac et lui dit :
— Seulement deux jours et une nuit. Je viendrai la chercher demain en fin d'après-midi. Je ne t'interdis pas de la sortir, car je sais que tu me désobéiras. Je te demande juste de ne pas lui faire boire d'alcool. Jamais. Pas de fast-food, son estomac ne le supporterait pas. Seulement de la nourriture végétale.
— Oh lala ! On dirait un père qui laisse sa fille participer à sa première *pyjama party*. Désolée de te l'apprendre, mais elle est grande maintenant. Et puis de la nourriture végétale ? Ce n'est pas un lapin. Elle a le droit de mordre dans un bon burger et de goûter à la bouffe industrielle.
— Je croyais que les lapins étaient tes animaux préférés, Vanessa.
Elle esquisse un sourire complice.
— Okay. Elle mangera bio, naturel et végétarien.
— Végétalien.
— Quoi ? Mais où veux-tu que je l'emmène manger ?
— Tu trouveras.
— Viens, avant que papa ne me déroule toutes ses remontrances, dit-elle en me regardant.
Je tourne les yeux vers lui. Il me fait signe que je peux y aller.

— À demain.

Il referme la porte sans me regarder.

— C'est la première fois que tu sors seule ou quoi ? Il est toujours comme ça ?

— Il est très attentionné...

Dehors, l'air s'est un peu réchauffé. Le printemps ne devrait plus tarder. Je la suis jusqu'à une petite voiture noire. Elle pose mon sac sur la banquette arrière. Ses vêtements sont aussi moulants que la première fois. Un pantalon, un haut qui laisse entrevoir son décolleté et des talons hauts. Elle ne semble pas savoir que c'est ma troisième sortie en deux hivers. Je préfère la laisser dans l'ignorance. Vanessa parle beaucoup. Elle est très enjouée, rien ne semble l'atteindre. Elle est parfaitement épanouie. Tout ce que je ne suis pas.

— Nous allons faire du shopping. On va te relooker un peu. Ça ne te dérange pas, si ? Parce que ces vêtements de poupée ne correspondent pas vraiment à la jeune femme que tu es. Quand je te vois, j'ai l'impression que ton frère est un fétichiste. Pourtant ce n'est pas son genre, tu peux me croire.

— Non, ça ne me dérange pas. Ça me va.

— Tu n'en as pas marre qu'il prenne toutes les décisions à ta place ? Il choisit même ce que tu dois manger. Tu n'as pas envie de manger de la bonne nourriture ? Je vais t'acheter une glace, je suis sûre que tu en meurs d'envie.

— Oui, avec plaisir.

Je n'ai jamais goûté de glace et la nourriture qu'il me fait manger est parfaitement bonne. Je ne comprends pas ce qu'elle veut dire par là.

Nous arrivons dans un centre commercial. Le bâtiment en verre est imposant. De l'extérieur, je vois des portants remplis de vêtements et des mannequins posant dans les vitrines. Il n'y a pas trop de monde dans les allées éclairées par une lumière artificielle en plein jour. Soudain, je me souviens d'un détail et non des moindres.

— Vanessa, je n'ai pas d'argent.

— Ne t'inquiète pas. Monsieur m'a donné sa carte en ne m'imposant aucune limite. Il m'a dit d'acheter tout ce qui nous fera plaisir. Ce n'est pas tous les jours qu'il agit de la sorte. Il faut en profiter.

Elle m'emmène dans un premier magasin de vêtements. Des miroirs sont installés un peu partout. Au début, je n'y fais pas attention. J'aperçois une ombre vêtue d'un manteau noir qui me suit. Vanessa choisit quelques tenues et me demande d'aller les essayer. Il n'y a pas de miroir dans la cabine d'essayage. Je dois donc sortir pour me voir. Après avoir réussi à enfiler la robe moulante qu'elle m'a sélectionnée ainsi que les chaussures à talons, je sors.

— Oh, comme tu es belle comme ça. Il ne te reconnaîtra pas. Regarde-toi dans le miroir.

Je tourne le visage vers le miroir avec appréhension. Je découvre une jeune femme un peu trop mince, avec des cheveux noirs ondulés qui touchent mes reins. J'ai les mêmes yeux bleu-gris foncé que lui. Intimidée par mon propre reflet, je baisse la tête.

— Bah ! Qu'est-ce qu'il y a ? Ça ne te plaît pas ?

— Si. C'est différent. Je n'ai pas l'habitude.

— Par contre, tes sous-vêtements ne vont pas du tout. On va aller en acheter. Ça mettra ton décolleté en valeur.

Je retourne dans la cabine d'essayage. Abasourdie. Était-ce moi ? Vraiment moi ? J'enlève les vêtements et enfile mon premier pantalon. Elle aime tout. J'ai l'impression d'être sa poupée mannequin. Nous passons en caisse. Je ne sais pas trop quels articles elle achète, mais je la laisse faire. Nous nous dirigeons vers un magasin de lingerie. Dans la vitrine, des bustes portent des soutiens-gorge en dentelles et des bustiers. L'idée de me retrouver nue dans un magasin ne me plaît pas. Elle sélectionne quelques dessous ainsi que des nuisettes qu'elle me demande d'essayer. Cette fois-ci, le miroir est dans la cabine. Je suis face à mon reflet. Tout le temps. Mon corps nu me contemple. Je peux voir et sentir mes côtes. Je découvre mes seins. Bien que je les voie lorsque je m'habille ou me change. D'habitude, je m'empresse de les couvrir avec une brassière. Mais là, leurs rondeurs me font face. Quand suis-je devenue une jeune femme ? Est-ce pour cette raison que son regard a changé ?

— Tu as besoin d'aide ? me propose Vanessa.
— Non, ça va.

Je m'empresse d'enfiler les dessous qu'elle m'a choisis. Mes seins paraissent plus ronds et plus gros dans ce soutien-gorge. Elle se glisse dans la cabine.

— Est-ce que c'est normal ? demandai-je en indiquant ma poitrine.
— Bien sûr que oui ! répond-elle en riant. Tu es trop sexy avec ça. Tiens, mets ça par-dessus.

Elle m'aide à enfiler une sorte de kimono noir, court et transparent.

— Ah lala, tu vas en faire tourner des têtes. On prend ça. Rhabille-toi. J'ai une de ces faims, pas toi ?
— Euh... oui. D'accord.

Elle sort de la cabine. Je me déshabille rapidement. Sexy, a-t-elle dit ? Pour quoi faire ? Elle emporte tout un tas d'autre dessous jusqu'à la caisse.

— C'est la première fois que je peux faire du shopping sans compter. Même si ce n'est pas pour moi, c'est grisant. Qu'est-ce que tu as de la chance ! Tu t'amuses bien ? me demande-t-elle de manière toujours aussi enjouée.

— Oui. C'est... génial.
— Dis-moi, où veux-tu manger ? Et ne me fais pas croire que tu es végétarienne ou quoi que ce soit d'autre. Il n'est pas là. Tu peux faire ce que tu veux.
— C'est que je ne connais pas les restaurants de ce centre commercial.
— De quoi as-tu envie ? Ils ont quasiment tout ici.
— Choisissez, ce sera plus facile. Je n'ai vraiment pas d'idée.
— Arrête de me vouvoyer. J'ai l'impression d'être vieille. On va aller... hum... Que dirais-tu d'un bon burger-frites ? Tu verras, c'est trop bon.
— D'accord. Je vous... Je te suis.

Vanessa ne me tend pas la main. Elle me propose plutôt que de me donner des ordres. Cette nouvelle liberté est étrange, effrayante et quelque peu agréable. Une fois installées dans le restaurant, la serveuse nous tend le menu. Des regards se tournent discrètement vers nous. Celui des hommes, surtout.

— Ne fais pas attention à eux. Bon, tu veux quoi ? Leur cheeseburger est délicieux.
— Alors je vais en prendre un.
— Une glace à partager en dessert, ça te dit ? Ils font des sundaes orgasmiques.
— Orgasmique ?
— Tu ne vas pas tarder à comprendre.

Nous passons commande et elle ajoute :
— Pourquoi dit-il que vous êtes frère et sœur si ce n'est pas le cas ? Vu la manière dont il te regarde... c'est plus que de l'amour fraternel. À ce niveau, c'est plutôt de l'inceste.
— Nous avons grandi ensemble. Il m'a élevée.

— Les familles d'accueil et la séparation ont dû être difficiles, non ? Comment avez-vous fait pour rester ensemble ?
— On s'est... enfui de l'orphelinat. Il nous a emmenés chez une de ses connaissances qui nous a aidés.

Je connais cette histoire par cœur. Je crois qu'il me l'a racontée. Ou bien l'ai-je inventée dans mes rêveries ?

— D'accord. Mais il est amoureux de toi. Tu le sais, n'est-ce pas ?
— Non, je ne crois pas.
— Je sais reconnaître l'amour quand je le vois.
— Non, vraiment. Vous êtes ensemble, non ?

Elle ne dit plus rien. Cette question la gêne. Doit-elle passer cette relation sous silence ?

— Pas vraiment. Changeons de sujet, tu veux bien. Notre commande arrive.

La serveuse pose l'assiette devant moi. Je prends mes couverts, mais Vanessa me dit :

— Un bon burger se mange avec les mains.

Elle l'attrape fermement et mord dedans à pleines dents. Je n'ai pas pour habitude de manger avec les mains. Je l'imite maladroitement. La sauce dégouline sur mes doigts.

— C'est jouissif, non ? Bien plus agréable que des légumes sautés.

Je fais oui de la tête. La viande est juteuse et le pain fond dans la bouche. C'est vraiment délicieux. Je regarde la viande au centre, rouge, perlante de jus et de quelques gouttelettes de sang. Troublante. Puis le dessert arrive. Je comprends alors pourquoi elle a voulu que nous le partagions. Il est énorme. Dégoulinant de caramel, de gâteaux et de biscuits posés de part et d'autre.

— On ne pourra jamais manger tout ça, lui dis-je.

Elle rigole.
— C'est ce que tu crois. Ce sera avalé en un rien de temps.
Elle plante sa cuillère dans la glace et attrape un biscuit avec l'autre main. Je prends un peu de glace. La mixture est froide et si sucrée que mon corps se détend soudainement. Je pousse un soupir.
— Qu'est-ce que je t'avais dit ? Orgasmique ! Et sinon, l'école se passe bien ?
— Je ne vais plus à l'école.
— Oh, pardon. Tu parais si jeune. Quel âge as-tu ?
— Mon âge ?
Ai-je aussi une réponse toute faite pour ça ? J'improvise.
— Tu n'as qu'à deviner.
— Hum, je dirais vingt ans ?
— Oui, exactement.
— Tu n'es pas allée à la fac ?
— Non.
Elle semble dubitative.
— Et tu ne travailles pas ?
— Je l'aide un peu dans ses affaires.
— Ah, toi aussi ?
— Aimes-tu ton travail ? demandai-je afin que notre conversation reste focalisée sur elle.
— Oui. C'est toujours mieux que d'être une pute.
— Comment ça ?
— C'était mon ancien job, si l'on peut dire. Grâce à lui, je n'ai plus à le faire. Être son assistante n'est pas toujours facile. Enfin, tu vois ce que je veux dire. Surtout que ton frère est une vraie tête de linotte. Mais c'est mieux que d'être une pute.
— Oui, je vois.
— Il n'y a presque plus de glace. J'avais raison. Ça va nous donner assez d'énergie pour tenir tout l'après-midi.

Je lui souris. Elle demande l'addition et nous partons. Nous passons l'après-midi à me trouver une robe pour l'événement de ce soir. Il avait raison. Elle a l'intention de me faire sortir. Elle choisit une robe extrêmement décolletée en soie bleu nuit qui m'arrive au genou et une paire d'escarpins noir bien trop haute.

— Tu verras, on apprend vite à marcher avec des talons.
— C'est normal que ce soit douloureux ?
— Il faut souffrir pour être belle. D'ailleurs, à ce propos, ça te dirait de te faire couper les cheveux pour que ton changement soit radical ?

Son téléphone sonne au même moment.

— Tiens, c'est lui. Bonjour patron. Merci pour la carte, on s'amuse comme des folles. Oui, je fais attention à elle. Non, elle n'a pas mangé de viande, dit-elle en me faisant un clin d'œil. Elle a été sage et a mangé une salade, ment-elle en rigolant silencieusement. D'ailleurs, on s'apprête à aller chez le coiffeur. Tu as toujours eu un faible pour les blondes, non ? demande-t-elle sur le ton de la plaisanterie. Non, non. Je rigole, je te le jure. Tu dois y aller ? À demain, alors.

Elle raccroche.

— On se le fait, ce coiffeur ?
— Non. Je ne veux pas que l'on touche à mes cheveux.
— Ah, d'accord. C'est vrai qu'ils sont longs. Ça a dû te prendre du temps.
— Oui.
— Dans ce cas, pour te remettre de toutes ces aventures, que dirais-tu d'aller déposer ces paquets dans le coffre de la voiture et de prendre un thé ? Ensuite, on ira se faire maquiller, se faire faire une petite manucure, on prendra un bon dîner et on ira danser toute la nuit. Ça te va ?
— Oui, ça me va.

— Un peu plus d'enthousiasme, voyons !

Je lui souris. Le salon de thé se situe sur le toit du centre commercial où se trouve un parc couvert. L'ambiance est bucolique. Le serveur prend notre commande.

— Il fait chaud ici ! Finalement, je vais prendre une limonade. Et toi ?

— Moi ? Un thé vert.

— Quelle origine, mademoiselle ? me demande le serveur.

— Hum, Sencha ? Japon ?

— Oui, nous avons cela.

— Merci.

— Je ne savais pas que tu étais connaisseuse en matière de thé ? me dit Vanessa.

— J'ai lu des livres sur le sujet.

— Tu aimes lire ?

— Oui, j'aime beaucoup lire.

— Je déteste ça, dit-elle en rigolant. Je me sens bête.

Le serveur arrive avec notre commande.

— Es-tu toujours joyeuse, Vanessa ?

— Non, je n'ai pas toujours été comme ça. Mais grâce à ton frère, ma vie est bien plus belle. C'est vraiment une bonne personne. Et puis cet endroit est magnifique. Et je suis accompagnée d'une poupée trop chou. Tu as l'air si émerveillée par tout ce qui t'entoure. C'est agréable.

— Le monde est incroyable.

— N'est-ce pas ?

Elle ne sait pas à quel point il peut l'être pour moi. Nous continuons de discuter de tout et de rien. La conversation est légère. Bien sûr, elle parle bien plus que moi. Mais cela est agréable. Tout est si reposant et divertissant. Je ne pense plus au passé, plus à cette routine, juste au moment présent.

— Bon, on va se faire maquiller ? Notre rendez-vous est dans dix minutes. Tu verras, c'est trop bien. Ça donne l'impression d'être une star.

À l'étage du dessous, nous sommes accueillies par un homme et une femme. La femme m'installe sur une chaise haute et me demande :

— C'est pour une soirée entre filles ?

— Oui, c'est ça.

— Comment allez-vous vous coiffer ?

— Je... Je ne sais pas.

— Que diriez-vous d'une queue de cheval ? suggère-t-elle en relevant mes cheveux.

— Ça te va bien. Ça met tes yeux en valeur, ajoute Vanessa. Pourriez-vous lui en faire une ?

— Oui, bien sûr.

La maquilleuse met du spray, brosse mes cheveux en arrière, les attache avec un élastique et remet du spray. Je tousse un peu. En relevant la tête, je vois mon visage apparaître dans la glace. Je semble exister.

— Comment allez-vous vous habiller ce soir ?

— Comme ça, dit Vanessa en lui montrant la photo qu'elle a prise de la robe pendant les essayages ; elle a déjà tout prévu.

— Oh, c'est sexy. Que diriez-vous d'un regard charbonneux ? Ce n'est pas la peine que je vous fasse le teint, il est parfait. Un peu de blush suffira.

— Un regard charbonneux ?

Elle attrape un livre photo, posé sur le comptoir devant moi, à l'intérieur duquel se trouvent des pages et des pages de regards maquillés de mille et une façons.

— Ce sera peut-être trop, dit Vanessa pensive. Auriez-vous quelque chose de plus léger et mystérieux ?

— Oui, on peut lui faire ça, répond-elle en montrant la photo d'un autre regard.
— Qu'en penses-tu ? me demande Vanessa.
— Un juste milieu entre les deux, c'est possible ?
Pourquoi ai-je dit cela ? Sûrement pour ne pas avoir l'air trop perdue, je suppose.
— Je vois ce que vous voulez dire, affirme la maquilleuse. Je vais vous faire ça.
— Pour moi, ce sera le *smoky*, dit Vanessa à son maquilleur. Je pense que je vais lâcher mes cheveux et les boucler un peu.
Une demi-heure plus tard, nos maquilleurs ont terminé leur travail. Je me regarde dans le miroir. Ces yeux. Les miens. Ils sont légèrement foncés avec du marron, un trait de crayon les souligne et mes cils paraissent très longs. Mes joues sont rougies, certainement à cause du blush. Je ne me reconnais pas. Vanessa a un maquillage très sombre qui lui donne l'air d'une guerrière.
— Comme tu es belle ! On est trop belle. On se prend en photo ?
Elle s'approche de moi et tend son téléphone au maquilleur qui nous prend en photo.
— Une vraie mannequin ! s'extasie Vanessa.
— Tu vas lui envoyer la photo ?
— Oh que oui ! Il ne va pas en revenir.
Elle pianote sur son téléphone et va payer à la caisse. Elle m'invite à récupérer une salade dans un bar que je compose librement. Après nous être installées dans la voiture, elle reçoit un appel. L'écran du tableau de bord affiche « patron ».
— Oh, il a dû recevoir la photo, dit-elle avant de décrocher. Bonsoir mon boss préféré.
— Qu'est-ce que tu lui as fait ?

— Moi ? Rien. Mais les maquilleurs se sont bien débrouillés, tu ne trouves pas ?
— Je croyais t'avoir dit de ne pas la faire sortir.
— Tu rigoles, j'espère. Tu n'es pas là. On fait ce que l'on veut.
Il pousse un soupir d'agacement.
— Où allez-vous ?
— Top secret. Je n'ai pas envie de voir débarquer tes gardes du corps.
— Ne lui fais pas boire d'alcool. Respecte au moins ça. D'accord ?
— Je ne te promets rien.
— Je ne boirai pas, c'est promis.
— C'est toi ?
— Oui. Oui, c'est moi.
— Comment vas-tu ?
— Ça va. Je vais bien.
— Faites attention à vous. À demain.
Il raccroche. Vanessa roule les yeux.
— Pourquoi lui avoir promis une telle chose ? On ne va pas pouvoir s'amuser comme des folles si tu ne bois pas.
— Il vaut vraiment mieux que je ne boive pas, Vanessa.
— Pourquoi prends-tu un air si grave ? J'ai hâte de te voir bourrée. Ça promet d'être marrant.
Je n'ai jamais bu d'alcool et ne sais pas ce que cela peut donner. Mais s'il insiste autant, c'est qu'il doit y avoir une bonne raison.
Vanessa m'emmène chez elle pour dîner et terminer de nous préparer. Son appartement est décoré dans des couleurs douces et chaleureuses. Le canapé d'angle crème est recouvert d'une couverture en fourrure et orné de coussins multicolores. Un objet sur la table basse en verre m'interpelle.

C'est un collier. Un collier auquel sont attachés trois pendentifs : deux matricules et un médaillon. « Un » est inscrit sur le médaillon et l'un des matricules. « Deux » est gravé sur le second matricule. Mon regard se perd sur ce collier. Je sais ce que c'est, mais je n'arrive pas à m'en rappeler. La petite voix me souffle : *c'est à lui et à toi.*
— Ce collier sur la table, à qui appartient-il ?
— C'est à lui. Il a dû l'oublier ici la dernière fois.
— Il le porte souvent ? Je ne l'ai jamais vu.
— Oui, quasiment tous les jours.
— Pourquoi l'a-t-il laissé ici ? me demandai-je à haute voix.
Je lève la tête et surprends Vanessa, embarrassée.
— Il lui arrive de dormir ici quand il est trop fatigué pour rentrer. C'est que vous habitez loin.
— Je comprends.

Elle ouvre un placard dans lequel se trouvent plusieurs bouteilles en verre et prépare deux verres. « Une vodka orange ? ». Elle me tend un verre que je refuse. Entre deux gorgées, elle m'aide à enfiler cette robe bien trop décolletée. Je fais l'impasse sur le soutien-gorge, car elle me dit que « mes seins font déjà très bien le travail. » Je suis gênée. Lorsque j'enfile les chaussures, elle prend encore une photo de moi pour lui envoyer.

« Minuit est une heure parfaite pour commencer à sortir, » me dit Vanessa avant de m'emmener dans sa voiture. Une foule s'affaire devant l'entrée de la boîte de nuit. Vanessa fait un grand signe de la main au vigile qui la fait traverser. Elle lui fait une bise, me présente et nous entrons. La musique est assourdissante. Les gens dansent dans tous les sens. Vanessa me conduit à travers la foule, en me tirant par la main vers des fauteuils noirs qui surplombent la salle. Elle fait signe à un serveur et passe commande. Je n'entends pas ce qu'elle demande. La musique est moins forte ici, mais l'endroit est moins éclairé que le reste de la salle qui est parcourue de lumières multicolores. Vanessa semble surexcitée. Quelques minutes plus tard, un serveur arrive avec une énorme bouteille entourée de chandelles.

— Pour fêter notre première sortie, me crie-t-elle à l'oreille. Tu dois boire au moins un verre, dit-elle en me tendant une grande coupe.

J'accepte. La première gorgée me réchauffe l'œsophage et le corps.

— Qu'est-ce que c'est, Vanessa ?
— Du champagne.
— C'est de l'alcool ?
— Pas vraiment.

Qu'entend-elle par-là ? À peine ai-je fini ma coupe qu'elle me ressert un deuxième verre. Il fait chaud ici. Je comprends pourquoi nous portons des tenues si légères. Des hommes essaient de l'approcher, mais elle les repousse. Elle invite des filles à nous rejoindre pour danser.

Au troisième verre, je me lève pour la rejoindre et danse. Mon cœur palpite. Je me sens détendue. Soudain, j'entends comme un ricanement résonner dans ma tête. *C'est à mon tour de m'amuser.* Je m'arrête quelques secondes. Je vois la salle s'éloigner et j'ai alors l'impression d'être enfermée dans mon esprit. Je me vois bouger, mais cela est indépendant de ma volonté. Je suis devenue spectatrice de la scène. Comme engourdie dans les limbes de mon esprit.

Pourtant, étrangement, mes sens semblent plus affûtés. Je remarque alors dans le fond de la salle deux hommes qui nous fixent et nous pointent du doigt. Inexplicablement, ils me semblent dangereux. Vanessa me laisse seule avec mon quatrième verre. Elle a l'air fatiguée et part aux toilettes. « Fais attention ! », lui criai-je par-dessus la musique, mais elle ne m'écoute pas. Elle m'abandonne avec ces inconnues.

Tout d'un coup, la salle devient un ensemble de corps et de vie. L'atmosphère devient oppressante. La musique trop forte est à peine supportable. Et pourtant, je continue de danser, je ris même. L'une des filles se rapproche de moi et nous dansons ensemble, nos corps entrelacés. Au bout de quelques minutes qui me semblent interminables, Vanessa revient, curieusement plus en forme que jamais. Elle se frotte frénétiquement le nez et échange un petit paquet rempli de poudre blanche contre des billets avec une fille qui s'est jointe à nous. Qu'est-ce que c'est ? La fille se retourne et se baisse sur le fauteuil. Vanessa se positionne devant elle et ramène une fille près d'elle, comme pour la dissimuler. Lorsqu'elle se relève, elle aussi semble plus en forme et rit plus fort. Au fur et à mesure des verres, la foule autour de moi semble aussi présente qu'invisible. J'essaie de reprendre le contrôle de mon corps et de poser la coupe, mais je ne peux pas. *Si tu arrêtes de boire ce champagne, tu vas avoir peur et paniquer. Laisse-toi faire.* Je lui obéis malgré moi.

— Bon, allez, il faut que je te ramène saine et sauve. Rentrons.

Vanessa me prend par le bras et nous traversons la salle pour rejoindre la sortie. Des corps se frottent aux nôtres, à peine conscients de notre existence. Je sens encore la menace des deux hommes planer sur nous. Lorsque nous sortons, elle fait la bise au vigile qu'elle remercie et salue. Elle ne marche plus vraiment droit. Une fois dans la voiture, elle s'esclaffe :

— Tu es trop cool ! Je ne savais pas que tu dansais comme ça. C'était une superbe journée !

— Oui, une superbe journée.

J'ai prononcé ces mots sur un ton satisfait et mon timbre de voix est différent. Le paysage tourne autour de moi et ma tête est lourde. Lorsque nous arrivons chez elle, ma tête tourne encore. Quant à Vanessa, elle ne marche toujours pas droit. Moi non plus, je crois. J'entends une voiture se garer plus loin et je vois des phares s'éteindre.

— On nous a suivies, dis-je avec assurance.
— Ne me dis pas des choses comme ça, tu me fais peur.
— Rentrons vite.

Je la tire vers l'intérieur. Pourquoi ? Le monde me semble si différent. Plus palpable, plus maîtrisé et moins effrayant. Nous rentrons. Elle se déshabille en plein milieu du salon.

— Oh, il n'est pas là !
— Qui ?
— Ton frère, pour s'occuper de moi, répond-elle en ricanant bêtement.
— Il sort souvent avec toi ?
— Oui. C'est trop bien. Après, il s'occupe de moi, dit-elle avec un rire coquin.
— Il te baise, quoi.

Elle rigole. Qu'ai-je dit ?

— En fait, tu ne faisais que jouer les timides.
— Pardon... Ce n'est pas...

Elle s'approche de moi et essaie de m'embrasser sur la bouche. Je m'écarte.

— Tu es aussi belle que ton frère. Je suis sûre que tu as les mêmes talents que lui.
— Je ne couche pas le premier soir.

Mes lèvres esquissent un sourire. Je la repousse et l'accompagne vers son lit. Elle rigole toujours. Comment a-t-elle réussi à nous ramener jusqu'ici sans provoquer un accident ? Et que m'arrive-t-il ? Je ne contrôle plus rien.

Je la jette sur le lit. Elle se tortille, me fait la moue, m'appelle, me prie de la rejoindre. Elle marmonne quelque chose que je ne comprends pas. Puis, d'un coup, elle se tait. Ses yeux se ferment et elle s'endort. Je me déshabille à mon tour et m'endors près d'elle. Au milieu de la nuit, elle me serre dans ses bras. *Il a l'habitude de dormir ici...* Que se passe-t-il ? Dis-moi ce qui se passe, s'il te plaît, j'ai peur. Pourquoi fais-je tout ça ? Est-ce que c'est toi ? Mais la voix ne dit plus rien. Je crois l'entendre rire au loin. Enfin, elle me répond : *chut, dors, n'aie pas peur, je m'occupe de tout.* Mon corps se détend et mes yeux se ferment.

4.

— Eh, réveille-toi, me dit Vanessa.
Elle est couchée à côté de moi et me regarde d'un air amusé.
— Alors ? On a couché ensemble hier soir ?
— Non, non. Pas du tout. Tu t'es déshabillée, tu as raconté quelque chose que je n'ai pas compris et tu t'es écroulée de fatigue sur ton lit.
— Alors pourquoi es-tu en culotte près de moi ?
— J'étais aussi fatiguée.
— Hum, dit-elle en me faisant un clin d'œil.
Je me redresse difficilement. Ma tête me fait mal et cette sensation d'engourdissement est encore présente. Je regarde mes mains, puis les ouvre et les ferme à plusieurs reprises. Elles m'écoutent enfin.
Soulagée de redevenir maîtresse de mon corps, je vais prendre une douche bien chaude pour me détendre. Je suis courbaturée. Certainement parce que j'ai dansé toute la soirée. J'attrape une serviette dans un placard installé à côté de la douche. La salle de bain est décorée dans des tons rose et or. Il y a un grand miroir au-dessus du lavabo. Je peux voir

mon corps nu jusqu'à la taille. Je rejette mes cheveux en arrière et m'approche pour mieux voir mon visage.

Lors de ma séance de shopping avec Vanessa, j'essayais de m'habiller le plus vite possible pour qu'elle ne se rende pas compte que je voyais mon reflet pour la première fois depuis longtemps. Je me regardais sans me voir. Cette fois-ci, je prends le temps de scruter chaque détail de mon visage. Quelque chose a changé depuis hier. Mon regard est différent. Une forme d'assurance s'en dégage. Ce n'est pas moi.

Soudain, j'esquisse un grand sourire malgré moi. *Bonjour toi. Cela faisait longtemps, n'est-ce pas ?* Mon reflet vient de s'adresser à moi. La voix est la même que celle qui me parle depuis quelques semaines. Je détourne mon regard du miroir, m'enroule dans ma serviette et quitte hâtivement cette pièce pour aller chercher mes vêtements dans la chambre. *Pas si vite, tu ne vas pas t'en tirer comme ça.* Comme hier, je m'arrête un peu avant l'entrée du salon et je glisse dans les limbes. Je me regarde vivre, je m'écoute parler, sans pouvoir contrôler ce que je dis ou ce que je fais.

— Je vois que tu as trouvé ce qu'il te fallait, me lance Vanessa en me regardant passer dans le salon.

J'ai envie de m'excuser, mais les mots ne sortent pas de ma bouche. Je me contente de m'arrêter et de la regarder sans rien dire.

— Tu es vraiment comme ton frère, en fait. Je vais me doucher.

Je me sens comme anesthésiée et possédée par une force invisible. J'enfile des vêtements sur ce corps qui ne m'appartient plus et me dirige vers la cuisine pour nous préparer le petit-déjeuner.

La cuisine est ouverte sur le salon. Vanessa possède un ensemble de couteaux bien rangés sur un plan de travail près de la cuisinière ; mon regard a du mal à le quitter.

J'ouvre le frigo et sors des fruits ainsi que des œufs que je fais frire. Puis, je me lance dans la préparation de pancakes. Je ne sais pas vraiment ce que je fais. Comment se fait-il que je connaisse cette recette ? Je ne sais même pas le goût que peut avoir ce plat. Je sers le petit-déjeuner sur le comptoir et prépare un café pour elle.

— Oh, c'est trop mignon, merci. Je meurs de faim, dit-elle vêtue de son long déshabillé blanc semi-transparent à travers lequel je peux apercevoir sa peau nue. Moi, je nous ai apporté de l'aspirine pour la gueule de bois.

— Merci. Tu ne t'habilles jamais vraiment ?

— J'adore me sentir sexy.

Elle attrape la tasse de café que je lui tends et je la rejoins au bar.

— J'aimerais bien en avoir une comme toi à la maison tous les jours.

Ma main s'arrête devant le verre d'aspirine. Je n'ai pas le droit de boire ça. Je tourne la tête vers la fenêtre. Je suis contente de constater que j'ai encore un peu de contrôle sur ce que je fais. Mon regard se fixe sur l'extérieur. Je remarque une voiture avec deux hommes à l'intérieur.

— Ces gens dans cette voiture. Ce ne sont pas ceux qui nous ont suivies hier soir ?

— Je crois me souvenir t'en avoir entendu parler. Je pensais que tu voulais me faire peur. Il arrive que des gars me suivent, mais nous sommes au beau milieu de l'après-midi. Ils sont déjà rentrés chez eux.

— Tu es sûre ? Regarde, insistai-je en pointant la voiture du doigt.

Elle tourne la tête. Son visage devient blanc et elle lâche sa fourchette. Elle court dans la chambre et revient avec son téléphone.

— Est-ce que tu m'as vendu ? Ils sont là ! Je les ai vus. Je te jure que ce sont eux. Non, je ne me calmerai pas ! Ils sont venus me chercher. Elle dit qu'ils nous ont suivies jusqu'ici hier soir. Quoi ? Oui, je lui ai fait boire du champagne, ce n'est pas vraiment de l'alcool. Ce n'est pas le sujet. Je t'en prie, viens vite. Je ne sais pas pourquoi ils sont là, mais j'ai un mauvais pressentiment. Ils ne se déplacent pas pour rien.

— Ils sortent de la voiture, la prévins-je.

— Je les vois aussi. Ils sortent. Que pouvons-nous faire ? demande-t-elle en se mettant à pleurer avant de me tendre le téléphone.

— Oui ?

— Je suis désolé. Il le faut.

— Quoi ?

— Mademoiselle. Êtes-vous réveillée ?

— Oui...

— Êtes-vous prête à protéger l'humanité ?

— Oui, je le suis.

— Il est temps de la sauver. Acceptez-vous de le faire ?

— Quelle est ma mission ? Qui dois-je protéger ?

— La jeune femme qui est avec vous va se faire kidnapper. Vous devez empêcher cela. Vous avez carte blanche.

— En êtes-vous sûr ?

Je sens à nouveau ce sourire sur mon visage. Mon regard se tourne vers la collection de couteaux de Vanessa.

— Dans ce cas, il faudra appeler un nettoyeur. Ils nous suivent depuis hier soir. Ils ont failli gâcher la soirée. Va-t-il me rejoindre ?

— Il est en route et devrait bientôt arriver. Il va s'occuper de leur patron. À bientôt.

Je raccroche. À cet instant, je sens que j'ai perdu le peu de contrôle qui me restait. C'est comme si j'étais paralysée, comme si j'étais entrée dans une autre dimension d'où je ne peux que me voir fonctionner. Pourtant, je ressens tout ce que celle qui a pris ma place ressent.

— Mademoiselle, enfermez-vous dans votre chambre et n'en sortez pas tant que je ne vous en aurai pas donné l'ordre. Vous êtes désormais en sécurité. N'ayez pas peur.

Vanessa me regarde avec de grands yeux. Ma voix est bien plus grave que d'habitude.

— Qu'est-ce qui t'arrive ?
— Je suis là pour vous aider.

Quelqu'un frappe violemment à la porte. Prise de panique, Vanessa court s'enfermer dans la chambre. La chose qui a pris possession de moi récupère son collier et le mets autour de mon cou, puis attrape un couteau et le glisse dans la poche avant d'un tablier, qu'elle enfile avant d'ouvrir la porte.

— Bonjour.
— Où est-elle ?
— De qui parlez-vous ? Je vis seule.
— Elena. On sait que tu étais avec elle hier soir, dit-il en sortant une arme. On vient la récupérer.

Ils la poussent à l'intérieur. Elle lève les bras.

— Tu vis seule et tu cuisines pour deux ?

Il doit parler des deux assiettes qui sont posées sur le bar.

— J'avais une faim de loup ce matin.
— Elena ! crie-t-il. *My znayem, chto vy tam*. Tu te souviens de nous ? Une certaine personne meurt d'envie de te revoir.

L'homme ne parle plus anglais. La chose semble comprendre ce qu'il dit, mais je ne peux plus suivre.

L'autre homme fouille du côté de la salle de bain, près de laquelle se trouve une autre chambre. L'homme devant moi a rangé son arme dans son dos dans la ceinture de son pantalon. Il se dirige vers la chambre où se cache Vanessa et essaie d'ouvrir la porte. La chose lui dérobe subtilement son arme et le pose dans un placard où sont rangés des biscuits qu'elle prend. Je ne me savais pas si agile.
— Eh, toi ! Qu'est-ce que tu fais ? Ne bouge pas.
— Je viens de vous le dire : j'ai faim.
— Tu crois qu'on est là pour rigoler ? Je suis sûr que le patron saura te trouver du travail à toi aussi.
Il m'attrape par le bras et cherche son arme de l'autre.
— Qu'est-ce que tu as fait de mon arme, salope ?
— Je n'apprécie pas la manière dont vous me parlez.
— Pour qui tu te prends ? Quand on en aura fini avec toi...
Elle tire le couteau de son tablier et lui tranche la gorge. Je ferme les yeux. Je ne veux plus voir ce qu'elle va me faire faire. Bien que mes yeux soient fermés, mon corps bouge encore. Je sens la force des coups que j'assène à cet homme. La puissance des siens qu'elle esquive et retient. J'entends le bruit sourd des coups et leurs hurlements de douleur. Le son de la lame qui s'enfonce dans la chair et qui la découpe. La résistance que rencontre l'arme sur les os. Le sang chaud gicle sur mes bras nus. Une soif de sang l'habite.

Enfin, mon corps ne bouge plus. Je sens un sourire sur mon visage et un goût cuivré dans ma bouche. *Cela faisait trop longtemps. Tu ne vas pas aimer ce que tu vas voir en ouvrant les yeux.* J'ouvre les yeux doucement. *Ne crie pas, tu vas l'effrayer. N'essaie pas de revenir. De toute manière, tu ne peux plus le faire maintenant. Il m'a appelée.* Elle se lave les mains. Une odeur de mort se dégage du salon. Il y a encore du sang le long de mes bras et sur ma robe blanche. Elle se retourne et je les vois. Sans

vie sur le sol. *J'ai fait attention à ne pas salir le tapis. Il est plus difficile de nettoyer le sang sur ce genre de matière.* Elle les a massacrés et éviscérés. J'ai envie de vomir. Elle rejoint Vanessa dans la chambre et referme la porte derrière elle.
— Tout est terminé maintenant. Vous êtes en sécurité.
— Qu'est-ce que tu leur as fait ?
— Ils sont hors d'état de nuire.
Vanessa se lève et ouvre la porte. Elle laisse échapper un cri qu'elle étouffe aussitôt. Sa main devant sa bouche, elle retourne dans la chambre et ferme la porte.
— Tu es folle ! C'est toi qui as fait ça ? Mais... Impossible... S'il l'apprend, il va me retrouver, me tuer et il ne t'épargnera pas.
— Vous parlez de leur patron ? Quelqu'un va s'en occuper. Quant aux corps, quelqu'un viendra s'en charger ce soir et nettoiera l'appartement. Maintenant, nous devons attendre les instructions. Il devrait avoir bientôt fini.
Vanessa reste bouche bée et ne dit plus rien pendant quelques minutes.
— Souhaitez-vous terminer votre déjeuner ? Un verre d'eau ou un verre de vodka ?
— Un verre de vodka.
— Je vais vous chercher ça.
Elle retourne dans le salon. Elle savoure une nouvelle fois son œuvre macabre. Une sensation de contentement et de travail bien fait m'envahit. Puis elle cherche des verres dans les placards et trouve une bouteille remplie d'un liquide transparent. La même que celle d'hier. Elle prend aussi deux verres. Pour quoi faire ? Elle ramène les verres et la bouteille dans la chambre et remplit les deux verres.
— Je croyais que tu ne buvais pas d'alcool ? me dit Vanessa en buvant une gorgée et en faisant la grimace.

J'ai envie de crier à l'aide et de supplier Vanessa de m'aider. Mais rien ne sort. Elle ne répond pas à la question de Vanessa et boit une gorgée à son tour. Le liquide me brûle la gorge plus vivement que la veille. La sensation d'engourdissement s'accentue.

— On va attendre comme ça encore longtemps ?
— Où est votre téléphone ?
— Je t'ai déjà dit que tu pouvais me tutoyer.
— Vous êtes vraiment têtue. Je ne sais pas pourquoi il les choisit toutes comme ça. Où est votre téléphone ?
— De qui tu parles ?
— Votre téléphone, s'il vous plaît.
— Tu es pire que ton frère.

La chose se lève et va chercher le téléphone dans le salon, mais ne le trouve pas.

— Je l'ai gardé sur moi, m'indique Vanessa depuis la chambre.

Elle s'est déjà resservi un verre.

— Appelez-le.

Elle compose un numéro et patiente en me regardant, exaspérée.

— Il ne répond pas.
— Il n'a pas encore fini. Il nous recontactera plus tard.

Elle s'assied sur le lit, à côté de Vanessa et se sert aussi un autre verre. Vanessa attrape le collier et demande :

— Je croyais que c'était à vos parents ?
— Ils nous l'ont donné.
— Ce sont eux ou vous qui avez fait l'armée ?
— Aucun des deux. Nous n'avons jamais servi l'armée.
— Qui es-tu ? Tu n'es pas la jeune fille fragile avec qui j'ai passé la journée d'hier.
— Si, je suis la même.

— Non. Il y a quelque chose dans ton regard, dans ta façon de parler... Je croyais que c'était l'alcool, mais non. C'est différent.
— Je suis la même.
— En même temps, tu n'es pas sa sœur pour rien. Je trouvais ça bizarre que la sœur du fantôme soit aussi chétive. Pourquoi jouais-tu ce rôle ? Il te l'a demandé ?
Mes mains tremblent. J'essaie de crier pour dire à Vanessa que ce n'est pas moi, mais la voix m'ordonne de me calmer. Vanessa n'insiste pas en voyant mes mains.

La nuit commence à tomber. Il n'a toujours pas appelé. La bouteille est à moitié vide. Je flotte toujours dans mon esprit, seule dans le noir. Vanessa a compris que cela ne servait à rien d'insister, car elle ne lui dirait rien. Elle fait les cent pas pour passer le temps et se calmer. Le téléphone sonne enfin. Vanessa se jette dessus.
— C'est toi ? Quand est-ce que tu arrives ?
L'interphone sonne. Elle laisse Vanessa dans la chambre pour aller ouvrir. C'est lui.
— Tu en as mis du temps, lui reproche-t-elle.
— Il habitait loin. Les nettoyeurs ne devraient pas tarder.
— Je lui ai dit de rester dans la chambre.
— Qu'est-ce que tu fais avec ça ? demande-t-il en récupérant le collier.
— Ce n'est pas ma faute si tu oublies tes affaires chez tes putes. D'ailleurs, arrête d'en prendre des aussi têtues.
— Tu ne m'avais pas manqué.
— Toi, si.
— Pourquoi tu pues l'alcool ?
Il avance dans le salon et regarde les corps.

— Tu ne pouvais pas faire ça proprement ? Elle doit être terrifiée maintenant.
— Je n'ai pas sali le tapis.
Il me regarde, énervé, et se rend dans la chambre.
— Est-ce que ça va, Vanessa ?
— Non, ça ne va pas.
— Vous avez bu ?
— Il fallait bien que je trouve un moyen de calmer mes nerfs. Elle les a massacrés !
— Calme-toi. Il ne viendra plus te chercher maintenant. Tu n'as plus à avoir peur.
Elle se jette dans ses bras et pleure.
— J'ai cru que tu m'avais vendu. J'ai eu si peur.
— Pourquoi aurais-je fait ça ?
— Je n'en sais rien ! Qu'est-ce qu'on fait maintenant ?
— On attend les nettoyeurs.
Elle lui sourit. Non ! J'essaie de crier à l'aide, mais elle boit un autre verre comme pour me faire taire. À chaque verre, je sens que je m'enfonce plus loin. Je suis terrifiée. L'interphone sonne une nouvelle fois. Elle va ouvrir. Ce sont les nettoyeurs. Ils montent, emmènent les corps et font disparaître les traces de sang. Une heure plus tard, le salon est comme neuf. Il me fait signe pour me faire comprendre que nous allons partir, mais Vanessa le retient.
— Je ne veux pas rester seule ici ce soir. Je peux dormir chez toi ?
— Non. J'ai un autre appartement en ville, si tu veux.
— Je t'en supplie, je ne veux pas rester seule. Pas après ça. S'il te plaît.
— D'accord, abdique-t-il en soupirant tout en me regardant. On rentre.

Elle les suit. Il lui ouvre la porte arrière et fait monter Vanessa à l'avant. Il la regarde de temps à autre dans le rétroviseur. Vanessa s'est endormie. Elle lui demande alors :
— Tu vas la punir ?
— Oui.
— Pourtant, je suis venue à son secours. Je lui ai sauvé la vie à ta pute.
— Ne l'appelle pas comme ça.
— Alors, il paraît que ton petit nom de scène, c'est le fantôme ?
Il l'ignore.
— Je pourrais m'enfuir.
— Tu ne pourras pas la garder enfermée tout le temps. Ce corps ne t'appartient pas. Tu n'es pas réelle.
Elle se tait. Si elle n'est pas réelle, pourquoi a-t-elle autant d'emprise sur moi ? Et pourquoi semble-t-il la connaître ? Une fois à l'appartement, il installe Vanessa dans notre lit. Cela l'énerve et mon cœur se serre.
— Tu en prends trop soin.
— Tu es jalouse ?
— De cette pute insignifiante ? Bien sûr que non.
— C'est fini, maintenant.
— Comment ça ? On arrête déjà de jouer ?
— Va te doucher et te changer.
— Pourquoi ? Tu as peur qu'elle fasse une crise d'angoisse en voyant tout ce sang ? demande-t-elle en riant. Elle est tellement faible celle-là. Si facilement manipulable. Je reviendrai, tu sais. Moi ou une autre.
— Comment ça ?
— Tu m'as donné un ordre. Je dois l'exécuter.
Elle affiche un sourire malicieux, avant de lui tourner le dos, mais il la retient par l'épaule.

— Ne t'avise pas de communiquer avec elle. Toi ou une autre. Laissez-la tranquille.
— Ça ne dépend pas que de moi.
Elle chasse sa main de son épaule et va se doucher. Lorsqu'elle retourne dans le salon, il est assis sur une chaise près de la table, un tas de linge plié devant lui.
— Enfile ça.
— Oui, monsieur.
Elle laisse tomber la serviette qui recouvrait mon corps. Il serre le poing et ferme les yeux.
— Un problème ?
— Habille-toi. Dépêche-toi.
Elle avance vers lui, passe dans son dos, pose ses mains sur ses épaules et approche doucement son visage du sien.
— Tu as envie d'elle ? J'en connais une qui serait ravie de cette nouvelle, dit-elle en se tapotant la tempe. Tu veux qu'on échange ? demande-t-elle en se mettant à lui parler dans une langue que je ne comprends pas.
— Habille-toi. Tout de suite, répond-il en anglais.
Il se lève, attrape les vêtements et les balance à mon visage. Elle ricane. Il la regarde, les bras croisés.
— Dépêche-toi !
Elle ramasse lentement les vêtements et les enfile, doucement, en prenant son temps. Lorsqu'elle a fini, il attrape son visage et plonge son regard dans le mien.
— Mademoiselle ?
— Oui.
Mon attention se concentre soudain sur sa voix. Rien d'autre n'existe.
— Vous avez mené votre mission à bien. Félicitations. Vous pouvez vous reposer maintenant.

Je prends une profonde inspiration, comme si je sortais d'une longue apnée. Je pleure et gémis de douleur. Mon corps et mon estomac me font mal.

— Qu'est-ce qui s'est passé ? Qu'est-ce qui s'est passé ?
— C'était pour vous sauver. Je n'avais pas le choix. Je ne serais pas arrivé à temps.

Je continue de pleurer. Soudain, je suis prise d'une violente nausée et me précipite vers les toilettes pour vomir.

— Tu vas être un peu malade à cause de l'alcool.

Lorsque je m'arrête enfin de vomir, je me rince la bouche et le visage. Je pleure et tout mon corps tremble. Il me porte et me couche sur le canapé qui s'est transformé en lit. Je sanglote toujours.

— Qu'est-ce qui s'est passé ? J'ai eu si peur. Pourquoi a-t-elle fait ça ?
— C'est fini.

Dans ses bras, je m'apaise enfin.

— Tu connaissais la voix ? me demande-t-il.
— J'entends parfois une voix qui me parle lorsque je pense trop. Je sais que tu n'aimes pas ça, je suis désolée. Mais c'est juste une petite voix intérieure qui me tient compagnie.
— Ne l'écoute pas. Elle est dangereuse. Ce n'est pas une simple petite voix intérieure.
— Alors qu'est-ce que c'est ? Elle existe vraiment ? Parfois, j'ai l'impression qu'elle s'empare de moi...
— Tu n'as pas à le savoir, ça te mettrait encore plus en danger. Si tu dois écouter une voix, c'est... c'est celle qui te raconte de belles histoires.
— Ce collier que j'ai trouvé chez Vanessa ? Un et Deux ? Ce ne sont que des chiffres et pourtant, j'ai l'impression qu'ils représentent tellement plus.
— Ce n'est rien.

— Vanessa m'a dit que tu le portais tout le temps.
— Vanessa dit beaucoup de choses.
— Pourquoi l'ont-ils appelée Elena ? Pourquoi t'a-t-elle parlé dans une autre langue ? Comment...
— Arrête. Tu poses trop de questions.
— Mais... s'il te plaît. J'ai peur... et...
— Tais-toi.
— Pardon.
— Oublie tout ça.

Il est assis à mon chevet et me caresse les cheveux. Je vois l'inquiétude et la colère dans ses yeux.
— Tu vas me punir ?

Il ignore ma question et reprend :
— Demain, tu feras comme d'habitude. Tu te lèveras et prépareras le petit-déjeuner. Ensuite, je te guiderai. Maintenant, je veux que tu dormes. Je vais voir comment se porte Vanessa.

Il me laisse. C'est la première fois qu'une autre personne dort ici. Le canapé est à côté de la baie vitrée. L'éclairage des lampadaires crée une lumière disparate dans le salon, plongé dans le noir. Je glisse tout entière sous la couette et ferme les yeux avec force. Oublier. Oublier tout ce qui vient de se passer. C'est ce que je dois faire.

Je me réveille avec le soleil pour préparer le petit-déjeuner. Il sort de la chambre et me rejoint peu après. Son visage est froid, comme d'habitude. Je lui tends sa tasse de café, mets la table et retourne dans la cuisine. J'entends le bruit du canapé qu'il replie dans le salon. Je prépare des œufs, des fruits et des toasts que je sers à table. Comme d'habitude. C'est la première fois que la troisième des quatre chaises servira. Il s'installe,

café dans une main, téléphone dans l'autre, qu'il regarde avec un air perplexe.
— Qu'avez-vous acheté hier ? me chuchote-t-il.
— Je ne sais pas. Je n'ai pas choisi.
— Et vous avez commandé quoi dans la boîte de nuit ?
— Je ne sais pas.
— Est-ce que c'était une grosse bouteille avec des lumières ?
— Oui.
— La garce en a bien profité.
— Avons-nous trop dépensé ?
— Non, ne t'inquiète pas.
Vanessa nous rejoint quelques minutes plus tard. Elle essaie de l'embrasser sur la bouche avant de s'asseoir, mais il la repousse.
— Vous vous êtes drôlement bien amusées hier, hein ? l'interroge-t-il.
— Quoi ? Je n'ai pas encore bu mon café. De quoi tu parles ?
— Cinquante mille balles, Vanessa. Voilà de quoi je parle.
— C'est le prix de quoi ?
— C'est la somme que vous avez dépensée hier soir. Tu as commandé un magnum ? Comment avez-vous pu le terminer à deux ?
— Disons que nous n'étions plus vraiment deux au fil de la soirée.
— Tu n'auras plus jamais accès à cette carte. Rends-la-moi.
— Viens la chercher. Elle est chez moi avec tous les achats de ta sœur. Tu vas voir, je lui ai préparé un superbe nouveau look.
Elle boit une gorgée de café et avale un morceau de toast.
— Y'a pas de pancakes, ce matin ? C'était spécialement pour moi ? me demande Vanessa.

— Des pancakes ?
— Oui, tu m'en as fait hier. Ils étaient bons, même si je n'ai pas eu le temps de les finir.
— Elle ne sait pas en faire, Vanessa, l'interrompt-il. Elle n'en a jamais mangé.
— Pourtant...
— Jamais, Vanessa.
Elle se tait et le regarde de travers. Je me souviens de ces pancakes que j'ai préparés hier. Pourtant, je n'en ai jamais mangé. Alors savoir comment les faire m'est impossible. Je secoue légèrement la tête pour effacer ce souvenir. Oublier. Je dois oublier tout ça.

Je me lève et débarrasse. Elle me propose son aide que je refuse.

— Ensuite, tu iras te doucher, m'indique-t-il.

Je disparais dans la cuisine, termine de ranger et de nettoyer et me rends dans la salle de bain pour prendre une douche. À mon retour, elle est assise sur ses genoux et lui caresse les cheveux. Je les ignore. En me voyant, ils vont dans la chambre.

J'attrape une broderie. Le motif représente un bouquet de fleurs jaune. Des fleurs que je suis sûre d'avoir déjà vues et dont j'arrive à m'imaginer l'odeur, si agréable. Je lève la tête et observe le salon ; les couleurs sont plutôt froides : du gris et du blanc. Dehors, l'environnement est tout aussi austère. Ce motif dénote avec notre environnement et m'apaise. Comme un joli souvenir. Cela provient-il de la voix qu'il m'a demandé d'écouter ? Je m'assieds sur le canapé, près de la fenêtre et brode minutieusement. Quelques minutes plus tard, ils sortent de la chambre.

— Je la raccompagne chez elle. Je serais de retour dans deux heures.

Je hoche la tête.
— Désolée pour hier, s'excuse Vanessa. J'ai foiré, ajoute-t-elle avant de m'embrasser sur la joue. À bientôt, peut-être.
— À bientôt.
À cet instant, je sais que je ne la reverrai pas.
Quelques heures plus tard, il revient les mains chargées de paquets.
— J'ai ramené tes achats. Il y a de la lingerie ?
— Oui, elle m'a dit que celle que je portais n'était pas correcte.
— Tes sous-vêtements sont très corrects.
— C'est ce que je lui ai dit. Est-ce que tu veux que je te montre ?
Il me regarde, hésitant.
— Tu veux me montrer quoi ?
— Les vêtements.
— Sur toi ?
— Non. Mais je peux les essayer si tu veux.
— Ce n'est pas une bonne idée.
Il a pensé à haute voix. Je le fixe attentivement. Son attitude est étrange. Il transpire et ses mains tremblent légèrement.
— Est-ce que ça va ?
— Oui, ça va, me répond-il sèchement.
Il me rejoint sur le canapé, s'installe à l'autre bout et ne me regarde plus. Je continue de broder en silence. Soudain, il me dit :
— Va essayer des tenues.
Je dépose ma broderie sur la table basse et pars me changer dans la chambre. J'étale tous les vêtements sur le lit. Par où commencer ? Je prends un pantalon et un débardeur en soie. Il ne m'a jamais vue en pantalon. Avec ou sans soutien-gorge ? Je ne suis plus sûre de ce que Vanessa m'a recommandé. Je

décide de faire sans. Cela respecte sa logique, me semble-t-il. Je sors de la chambre, gênée, rassemblant mes mains devant moi et attendant son avis. Il ricane :
— Pourquoi t'ai-je demandé de faire ça ?
— Ça ne te plaît pas ?
— Si. Ça te va très bien. Tu n'as pas mis de soutien-gorge ?
— Elle dit que c'est mieux comme ça et que je n'en ai pas besoin. Mais elle m'a quand même acheté de la lingerie. Je vais te montrer.

Je retourne dans la chambre et enfile un de ces soutiens-gorge qui me font les seins ronds et bien remontés pour partager cet étrange phénomène qui défie la gravité avec lui. J'enfile le kimono, comme elle me l'a montré dans le magasin, afin de me sentir moins nue. Je n'ai pas le temps de sortir de la chambre qu'il me rejoint. Il me fixe, comme fasciné.
— Pourquoi t'ai-je demandé de faire ça ?
— Tu n'aimes pas ? J'ai trouvé cela très étonnant...

Je m'arrête de parler. Il se rapproche de moi, en marchant lentement, comme un zombie. Il me fixe toujours.
— Quelque chose ne va pas ?
— Je n'aime pas.
— Je vais me changer alors.
— Je vais t'aider.
— Non, je peux me débrouiller.
— Je vais t'aider.

Il me plaque contre le mur. Je sens son souffle contre mon cou et ferme les yeux. Il fait glisser le kimono le long de mes bras.
— Arrête, je t'en supplie.
— M'arrêter ?

Il fait glisser une bretelle, puis la deuxième avec lenteur et délicatesse. Mon cœur palpite. Ses bras m'emprisonnent de part et d'autre.
— Arrête, l'implorai-je.
— Pas en si bon chemin.
— S'il te plaît... Que vas-tu me faire ?
Il cesse enfin et prend sa tête entre ses mains.
— Rhabille-toi et ne mets plus ce genre de vêtements.
Il sort de la chambre en claquant la porte, ce qui me fait sursauter. Sexy, avait-elle dit ? Est-ce l'effet que cela fait ? Je m'empresse de ranger tous les vêtements dans l'armoire et enfile l'une de mes tenues habituelles qui dissimulent mon corps. Si c'est l'effet que ça lui fait, alors je préfère ne jamais avoir à porter ce genre de vêtements. Je le rejoins dans le salon.
— Que veux-tu faire aujourd'hui ? J'ai fermé ma société pour deux jours.
— Pourrions-nous retourner au lac ?
— Tu veux sortir ?
— J'ai envie de voir des arbres.
— Non. Tu ne sors plus. À chaque fois, il arrive quelque chose. Je ne veux pas que tu sois en danger.
Il a raison. Quelle était la probabilité pour que les ravisseurs retrouvent Vanessa à cet endroit ?
— Nous allons faire comme d'habitude, d'accord ?
— Oui.
Il sort le jeu d'échecs. Les échecs m'occupent l'esprit et me permettent d'oublier. D'ailleurs, je ne sais pas trop comment, mais je suis meilleure que lui. Pourtant, je suis sûre que c'est lui qui m'a appris à jouer. Une pièce tombe à cause de ses mains tremblantes. Je la ramasse, la remets à sa place et le regarde en souriant pour le rassurer. Il n'a pas l'air d'aller bien.

Il transpire, son teint est pâle, je vois bien qu'il n'est pas concentré sur le jeu. Il me dit : « Continue de broder. » Je me lève et retourne sur le canapé en le regardant du coin de l'œil. Il essuie les gouttes qui perlent sur son front, puis serre les poings. Que lui arrive-t-il ? Est-il malade ? Finalement, il disparaît dans la salle de bain. J'entends un bruit sourd d'objets qui tombent. Je le rejoins, mais la porte est fermée à clé.

— Est-ce que ça va ?
— Retourne dans le salon !

Je ne dis rien. Je reste debout devant la porte, inquiète. Quelques minutes passent. Parfois, de l'eau coule. Puis rien. Enfin, il ouvre la porte, le visage marqué.

— Est-ce que ça va ?
— Qu'est-ce que tu fais là ?
— Je m'inquiète pour toi.
— Tu ne devrais pas.
— Tu n'as pas l'air d'aller bien.
— Fiche le camp !

Je ne bouge pas. Mon cœur bat fort, il me fait peur. Mais mon inquiétude pour lui est plus forte.

— Pourquoi ne fais-tu pas ce que je te dis ?
— Parce que je m'inquiète pour toi. Tu n'as vraiment pas l'air d'aller bien. J'ai... J'ai peur. Je ne veux pas te perdre.

Il me fixe, surpris par ma réponse. C'est la première fois que je ne lui obéis pas. Soudain, il rigole, avance lentement vers moi et me crie à l'oreille : « Retourne. Dans. Le. Salon ! ». Je tressaille, mais je ne peux pas bouger, pétrifiée d'effroi. Sa main empoigne ma gorge et la serre. Je n'arrive plus à respirer et je m'évanouis.

Lorsque je me réveille, il n'est plus là. M'appuyant contre le mur du couloir, je me remets debout. L'appartement est sens dessous dessus. Je range et nettoie, calmement, et reprends mes activités normales.

18 h. La nuit est tombée. Je fixe l'horizon à travers la baie vitrée. L'un des rideaux s'est décroché et je n'ai pas réussi à le remettre. Il y a des bâtiments, des panneaux publicitaires multicolores, des voitures. J'observe les va-et-vient du monde quand, soudain, je remarque que je ne suis pas seule ; des yeux gris me fixent, alarmés. Je sursaute et recule. La personne fait de même. Est-ce moi ? Je m'approche de la baie vitrée et touche mon reflet. Oui, c'est bien moi. Cela doit être la raison pour laquelle les rideaux doivent toujours être fermés quand il fait nuit. Je me mets à pleurer sans trop savoir pourquoi. Mais mon reflet ne pleure pas. Il me sourit et une main me touche le visage. Je sursaute et me retourne.

— *Cette fois-ci, tu ne te débarrasseras pas de moi comme ça.*

C'est la deuxième voix, la voix la plus hostile que j'entends.

— Tais-toi. Tu m'as menti et trahie. J'avais confiance en toi.

— *Je ne voulais que t'aider et t'expliquer d'où tu viens.*

— Non. Tu as pris ma place. Tu as massacré des gens !

— *Pour te protéger. Regarde-moi. Regarde-nous. Il t'abandonne. Mais moi je suis là.*

— Il m'a dit que tu étais dangereuse et que je ne devais pas t'écouter.

— *C'est aussi lui qui t'a dit d'oublier ton passé... et vos parents.*

— Nos parents ?

— *Oui. Tu veux savoir de qui il s'agit ?*

— Non. Non. Non. Tais-toi. Je n'ai pas le droit. Il va me faire du mal. Il va me punir.

— *S'il t'aimait vraiment, il ne te ferait aucun mal.*

— Il fait ça pour me protéger. Pour que je me tienne comme il faut pour ma sécurité. Je fais une bêtise en t'écoutant. Tu es dangereuse. Tais-toi !

Je me détourne de mon reflet et cours dans la chambre pour me réfugier sous les couvertures. « Laisse-moi. » Je me répète cette phrase en boucle jusqu'à ce que je m'endorme.
Le lendemain matin, je me réveille avec le premier rayon de soleil qui réchauffe ma joue.
8 h, je me prépare à manger. Il n'est toujours pas rentré.
9 h, je débarrasse et me douche.
9 h 30, j'attrape un livre dans la bibliothèque du salon. Un livre que j'ai déjà lu. J'entends un petit ricanement lointain.
— *Il était une fois...*
C'est encore la voix. La voix de la première fois.
— *Tu ne veux pas connaître la suite ?*
Je fais non de la tête.
— *C'est pour ça que je suis là, non ? Si tu l'avais écouté et que tu avais été sage, je ne serais pas là. Tu mérites vraiment cette punition.*
— Tais-toi, murmurai-je.
— *Je t'ai assez fait attendre. Depuis le temps que je te promets de te raconter ton histoire. Où en étais-je ? Ah oui. Il était une fois, deux petits orphelins élevés... dans un laboratoire. Eh oui. Tu croyais avoir vécu en orphelinat comme cette gamine dans ce livre ? Et pourquoi un laboratoire ? Parce que toi et lui, vous êtes des bébés éprouvette. Des supers bébés éprouvette. Quel âge as-tu déjà ? Vingt ans ? Non, plutôt cent cinquante ans.*
— Arrête ! Tu dis des bêtises.
— *Je dis des bêtises ? Alors pourquoi crois-tu qu'il t'habille de cette manière ? L'autre jour, tu as bien vu que personne n'était habillé comme toi. Et puis ta blessure à l'épaule ? En une semaine elle avait disparu. Quant à lui, il ne ressent pas la douleur et guérit encore plus vite que toi. Tu te souviens de ces blessures ?*
— Arrête...
Je me frappe la tête avec le livre. Pourquoi ne s'arrête-t-elle plus ? Elle rigole. Il me semble alors qu'elle n'est plus seule.

— *On dirait que tu as ramené de vieilles amies avec tes bêtises.*
— *Tu veux savoir ce qu'il voulait te faire hier soir ? Avec un petit corps de femme comme le tien ? Tu devrais le savoir, non ? Une grande fille comme toi.*

C'est une autre voix qui me parle, une voix voluptueuse que je n'avais encore jamais entendue.

— *La petite préférée de Jonathan. N'est-ce pas ?*

C'en est encore une autre. Plus rauque et cassée.

— Taisez-vous !

Combien sont-elles ? Je jette le livre à terre et retourne dans la chambre qui est plongée dans le noir. « Reviens, s'il te plaît, s'il te plaît. Reviens ». Je me recroqueville dans un coin et me balance, espérant son retour. Les voix me semblent lointaines, mais j'entends encore parfois leurs ricanements. J'attends là, un long moment. Apeurée.

Quelques heures plus tard, tiraillée par la faim, je me lève pour aller chercher quelque chose à manger. J'avance dans le couloir, sur mes gardes, comme si elles pouvaient jaillir de n'importe où et me sauter dessus. Je m'arrête dans l'encadrement de la porte du salon et observe les lieux, à la recherche de je ne sais trop quoi. Mon environnement d'habitude si familier et rassurant me semble hostile. Je suis en train de devenir folle.

Je traverse rapidement le salon jusqu'à la cuisine et referme la porte derrière moi. J'attends quelques minutes, examinant les lieux. Tout est normal. J'ouvre les placards et prends des biscuits et de l'eau. Je rassemble mes vivres dans un panier, en prenant assez pour tenir quelques jours, puis je retourne dans la chambre en courant. Là, tapie dans le noir, je me sens en sécurité. Mais je n'ai rien pour m'occuper l'esprit.

Quelques jours passent, je crois, sans nouvelles de lui. Je n'ai plus de quoi me nourrir et je n'ose pas retourner dans la cuisine. Les voix sont revenues. Moins insistantes, plus lointaines, mais je peux encore les entendre. La nuit, je suis parfois réveillée par une voix douce qui chante dans une langue que je ne comprends pas. Serait-ce enfin la voix qu'il m'a demandé d'écouter ? Je l'écoute attentivement, essayant de saisir quelques mots, sans succès. « Reviens... Reviens, je t'en supplie... J'ai besoin de toi » j'implore, fatiguée. Je me glisse sous les draps, bien trop affaiblie pour aller plus loin.

Le rayon de soleil me réchauffe la joue comme chaque matin. J'ai envie de me lever pour aller préparer le petit-déjeuner et suivre ma routine. Mais je ne peux pas, je n'en ai pas la force. J'ai froid. Comme si cette lutte sans relâche contre ces voix intérieures m'avait épuisée. Je pleure, encore. Je vais le décevoir si je ne me lève pas. Je dois le faire. Je dois le faire. Je roule et tombe au sol comme une masse et je hurle de douleur. Je me relève difficilement et entre dans la cuisine pour chercher à boire.

Il est 8 h 10. Dans le salon, il y a des piles de livres disséminées un peu partout et dans la cuisine, des casseroles et des couverts sales. Je nettoie et range tout. Qui a fait ça ? Est-ce qu'il est rentré ? La crainte qu'il soit venu et qu'il m'ait vue dans cet état m'angoisse. Il doit être en colère et risque de repousser son retour.

— *Oh, la vilaine fille qui laisse tout traîner et qui ne suit pas sa routine. Si tu l'avais suivie, on n'en serait pas là, tu sais. Tu mérites vraiment ce qui va te tomber dessus.*

C'est la voix hostile qui me rappelle à l'ordre.

— Taisez-vous...

— *Tu devrais nous remercier. Sans nous, tu serais morte de faim.*

— De quoi parlez-vous ?

— *D'après toi, qui a sali ces couverts ?*
— *Où en était-on déjà ?*
— *Le docteur Jonathan,* intervient la voix rauque.
— *Ah oui, lui,* acquiesce la première voix.
— Arrêtez. Arrêtez !
— *Quoi ? Tu vas fuir dans ton terrier ? Ah non. La gentille fifille doit ranger et nettoyer. N'oublie pas de manger, m'ordonne-t-elle.*

J'essaie de ne pas faire attention à ce qu'elles disent et de tout ranger le plus rapidement possible.

— *Et que crois-tu qu'il fasse en ce moment ? Pourquoi ne rentre-t-il pas ?* me demande cette voix voluptueuse en ricanant.
— Il est occupé. Il travaille.
— *Il travaille ? Vraiment ?*
— Arrêtez ! Je ne veux plus vous entendre. Vous n'existez pas. Vous n'êtes qu'une voix intérieure. Pourquoi me harcelez-vous ? J'en ai assez !

Elles ne me répondent pas. J'ouvre les placards de la cuisine pour me préparer quelque chose à manger. Il n'y a plus rien. Dans le réfrigérateur non plus. Pourtant, j'étais sûre qu'il y avait encore de quoi faire. Je retourne dans le salon et m'assieds sur le canapé, fixant l'horloge jusqu'à l'heure de ma prochaine tâche : 9 h la douche. Le rideau est toujours cassé, mais je ne me vois plus dans la baie vitrée. Est-ce que j'ai rêvé tout ça ? Oui, j'ai dû rêver.

Ce n'était qu'une douche, mais elle m'a épuisée. Je retourne dans le lit. J'ai froid. Mon corps est parcouru de spasmes. Un rayon de soleil chaud traverse la fenêtre, éclairant la poussière qui virevolte. Brillante. Parfaite. Extatique...

5.

Je suis une nouvelle fois en blouse. En face de moi se trouve une fenêtre qui donne sur un arbre. Des perfusions sortent de mes bras. Pourquoi suis-je de retour ici ? Cette fois, je ne bouge pas. Je ne panique pas. J'attends. J'attends qu'on vienne me chercher. Ça ne pourra pas être pire. Une infirmière entre. Elle ne semble pas faire attention à moi et s'affaire avec son chariot.

— Bonjour. Comment allez-vous, aujourd'hui ?

En me voyant éveillée, elle sursaute et ouvre grand les yeux.

— Oh mon dieu ! Vous êtes réveillée ?

Je la regarde, perplexe, et ne dis rien.

— Je vais chercher un médecin.

Elle sort et revient quelques instants plus tard avec une autre femme qui m'examine.

— Bonjour mademoiselle. Savez-vous depuis combien de temps vous êtes là ?

Je fais non de la tête.

— Pouvez-vous parler ?

— Oui, dis-je, mais un son à peine audible sort de ma bouche.

— Cela fait trois semaines que vous êtes dans le coma.

— Le coma ?
— Oui. Votre amie vous a trouvée inanimée chez vous et vous a amenée ici.
— Quelle amie ?
— Vanessa.
— Où est mon frère ?
— Il est en cure chez nous. Il termine aujourd'hui. Votre présence ici lui a permis de progresser très rapidement.
— En cure ?
— Oui, de désintoxication. Pour l'héroïne. Cela n'a pas dû être facile tous les jours à la maison.

La voix avait raison.

— Je peux le voir ?
— Les visites se font dans l'après-midi.
— D'accord.
— Pouvez-vous répondre à quelques questions ?
— Je ne sais pas.
— Elles sont simples, cela me permettra de savoir si vous allez bien.

J'acquiesce.

— Bien. Quel est votre nom ?
— Mon nom ?
— Vous ne vous en souvenez pas ?
— Non...
— D'accord. Vous souvenez-vous de votre date de naissance ?
— Non.
— Bien. Et ce nombre, quel est-il ?

Elle fait un quatre avec sa main.

— Quatre.
— Pouvez-vous me dire de quelle couleur est l'arbre derrière moi ?

— Vert et marron.
— C'est bien. Je vais vous laisser vous reposer maintenant.
Elle disparaît. Il entre quelques minutes plus tard et reste debout devant mon lit, me fixant un instant. C'est bien lui. Enfin. Je pousse un soupir de soulagement. Il me serre dans ses bras et me dit : « Je suis désolé. » Sa chaleur m'a tellement manqué.
— Que faites-vous ici, monsieur ? demande l'infirmière en entrant.
— Cela fait des semaines que je ne l'ai pas vue.
— Les visites se font dans l'après-midi.
— Je vous paie suffisamment cher pour ne pas avoir à respecter ce genre de règles.
Elle ne dit rien et part.
— J'ai des soucis. Je ne vais pas pouvoir rentrer tout de suite.
— Mais, le médecin m'a dit que tu finissais ta cure aujourd'hui ?
— Ce genre de traitement est long.
— C'est Vanessa qui m'a amenée ici ? C'est ce qu'a dit le médecin.
— Oui. Tu veux la remercier ?
— Oui.
— Je vais la chercher.
Il me regarde une dernière fois, me caresse la tête et quitte la pièce. Quelques minutes plus tard, elle entre.
— Tu m'as fait tellement peur ! Que je suis contente de te voir en vie ! J'ai cru que tu allais y passer.
— Merci.
— Ce n'est rien, voyons. Pourquoi n'es-tu pas sortie pour te nourrir ? Il ne t'a pas laissé d'argent ?
— Sortir ?

— Oui, sortir, pour acheter à manger. Prendre un peu l'air.
— Vanessa... Pour ma sécurité, je dois rester à la maison.
— Comment ça ?
— Je...
— Il te protège au point de ne pas te laisser sortir sans lui ?
Je ne dis rien et baisse la tête, ne sachant quoi dire.
— Est-ce qu'il t'a enlevée ?
— Non.
— Tu peux me dire la vérité, tu sais. J'ai vécu ça et je ne le souhaite à personne.
— C'est pour me protéger, Vanessa.
Elle me regarde, dubitative, mais n'insiste pas. Elle m'embrasse la joue et me glisse : « Prends soin de toi et fais attention. Voici ma carte. En cas de besoin. » Elle la met sous mon oreiller et sort. Une fois seule, je me lève maladroitement et marche jusqu'aux toilettes. Les poches me suivent. J'attrape le bâton d'acier et les fais avancer avec moi jusqu'à la salle de bain. Je m'assieds difficilement sur les toilettes. Au-dessus du lavabo se trouve un miroir. Je me regarde à peine. Soudain, j'entends :
— *Je suis encore là.*
Je regarde mon reflet, surprise et apeurée. Mon reflet me renvoie un sourire et ajoute :
— *Tu croyais pouvoir te débarrasser de moi ?*
— Sors d'ici ! j'hurle.
Une infirmière arrive en courant.
— Est-ce que ça va, mademoiselle ?
— Ne m'appelez pas comme ça !
— Calmez-vous.
— Où est mon frère ?
— Il est retourné dans le pôle addictologie, il reviendra cet après-midi.

— Je veux le voir tout de suite !
— Reposez-vous un peu. Vous venez de sortir du coma, c'est normal que vous soyez désorientée.
— Il faut que je le voie. Maintenant !
Elle m'attrape par les épaules et me répète de me calmer, mais je n'y arrive pas. Je me débats et essaie de sortir de la salle de bain pour aller le chercher. Elle sort une aiguille de sa poche et me pique le bras. Soudain, mon corps devient lourd. Elle me traîne jusqu'à mon lit et je m'endors.
Je me réveille en sursaut, sur le lit d'hôpital. Il est près de moi. Paniquée, je lui dis :
— Elle n'est pas partie. Elles ne sont pas parties. Je suis désolée. Je leur ai demandé de s'en aller, mais elles sont encore là. Je l'ai entendue me parler à travers le miroir tout à l'heure. J'ai eu si peur qu'elles recommencent. Je leur ai dit que je ne voulais pas les écouter, mais elles ne s'arrêtent plus.
— Elles communiquent avec toi à travers ton reflet.
— C'est pour ça qu'il n'y a pas de miroir à la maison ?
— Oui. Ont-elles communiqué avec toi à l'appartement ?
— Oui. Le rideau s'est détaché et une fois la nuit tombée, j'ai vu mon reflet dans la baie vitrée. C'est à ce moment-là qu'elles sont devenues beaucoup plus nombreuses.
— Il n'y a pas qu'une voix ?
— Non. Je suis désolée. Je ne t'ai pas écouté. Ce ne serait jamais...
Un sanglot m'empêche de continuer. Il me serre dans ses bras.
— On rentre. Je vais réparer ce rideau et ça ira.
— Non, je ne veux pas rentrer. J'ai trop peur.
— Une fois le rideau réparé, il n'y aura plus de surface réfléchissante.
— Ne me laisse pas, je t'en supplie.

— N'aie pas peur. Tu seras en sécurité là-bas. Allez, viens, on rentre.

Il arrache les aiguilles, me porte et m'entraîne dans le couloir.

— Que faites-vous, monsieur ? s'interpose l'infirmière.

— Elle rentre.

— Vous n'avez pas le droit...

— Vous avez fait votre travail, elle est nourrie et remise sur pied. Maintenant, il est temps qu'elle rentre.

— Monsieur...

— Je la ramène à la maison et je reviens dans deux heures.

Il me porte jusqu'à la voiture, m'installe à l'avant, attache ma ceinture et referme la portière. Il conduit très vite. A-t-il peur lui aussi ? J'aperçois mon reflet dans le rétroviseur dont j'évite le regard. Je l'entends encore me parler le long du trajet. Elle me dit : *tu n'as pas à retourner là-bas. Fuis.* Je murmure : « Tais-toi. Tais-toi. Chut. » Je ferme les yeux et sens le véhicule accélérer.

Il ouvre la portière et me porte jusqu'à l'appartement.

— Je reviendrai d'ici quelques jours. Vanessa passera t'apporter à manger, d'accord ?

— Oui.

— Tu n'ouvres qu'à elle et surtout tu ne bouges pas d'ici. Tu n'écoutes aucune voix dans ta tête. Elles n'existent pas. N'ouvre pas les rideaux.

— Je dois rester dans le noir ?

— Oui.

Je hoche la tête. Il regarde le rideau et estime les dégâts. Cinq minutes lui suffisent pour le réparer. Il me serre une dernière fois dans ses bras.

— J'ai peur, lui dis-je.

— Tu n'as pas à avoir peur. Il suffit de suivre la routine à la lettre, comme d'habitude, d'accord ? Sinon, ça va empirer.

Il m'embrasse tendrement sur le front et part. Quelques heures plus tard, Vanessa débarque avec des paquets. De la nourriture pour moi. Elle a les clés. Assise sur le canapé, je la regarde, surprise.

— Bonsoir ! me salue-t-elle avec entrain, le sourire aux lèvres. Service de livraison. Je viendrai vous livrer vos courses toutes les semaines à partir d'aujourd'hui, mademoiselle.

— Ne m'appelle pas comme ça. S'il te plaît.

— Qu'est-ce qui ne va pas ?

— Rien.

— Je pensais que tu rentrerais plus tard. Comme d'habitude, ton frère n'a rien voulu me dire. Est-ce que ça va ?

— Oui, je vais mieux. Merci pour les courses. Je pensais ne jamais te revoir après l'incident.

— Moi aussi. Ton frère a changé d'avis aux vues des circonstances. Normalement, d'ici deux à trois semaines, tout sera rentré dans l'ordre. Dis-moi... Je sais qu'il ne veut pas qu'on en parle, mais à propos de cet « incident »...

— Je ne veux pas en parler non plus.

— D'accord. Désolée. On range les courses ?

Je l'accompagne dans la cuisine pour lui donner un coup de main. Vanessa est très agréable et me permet d'oublier mon quotidien. Moins froide que lui, elle essaie toujours de rebondir sur une note positive. Nous parlons maintenant cuisine et régime alimentaire. Avant de partir, elle me demande :

— Tu ne peux vraiment pas sortir ?

— Non.

— Ce n'est pas normal, tu sais ?

— C'est pour ma sécurité.

— C'est vraiment dommage. Le monde n'est pas aussi dangereux qu'il en a l'air.
— C'est mieux ainsi. Je lui fais confiance.
— D'accord.

Lorsqu'elle referme la porte, je sens le poids de la solitude peser plus lourdement sur mes épaules. Je regarde l'horloge : 19 h. Je prépare quelque chose à dîner, puis je vais me coucher. Seule.

Les jours passent et je suis scrupuleusement la routine. Je n'entends plus la petite voix. Une fois par semaine, Vanessa me livre de la nourriture et reste un moment pour discuter. Elle insiste à chaque fois pour m'emmener faire un tour ou me propose de venir habiter chez elle le temps qu'il revienne. J'ai envie de la suivre, mais je refuse toujours. Il me manque terriblement.

Vanessa est gentille, tu devrais accepter sa proposition.

Comme ces deux derniers vendredis, Vanessa m'amène des provisions. Mais cette fois-ci, pour une raison étrange, j'accepte de me rendre chez elle quand elle me le propose. Elle est surprise.
— Tu veux venir avec moi ? Vraiment ?
— Oui. Si ça ne te dérange pas.
— Non, pas du tout. Par contre, je dois passer au bureau pour travailler. Accompagne-moi et ensuite, nous irons chez moi. Comme je suis contente que tu acceptes enfin. On y va ?

Vanessa est si heureuse de me voir enfin sortir qu'elle s'emporte. Elle m'aide à choisir une tenue parmi celles qu'elle m'a achetées et à préparer mon sac. Il n'y a pas encore de clients quand nous arrivons au bureau, seulement quelques jeunes femmes assises sur les canapés. Je reconnais les deux dernières filles qui ont passé l'entretien. Elles me reconnaissent aussi et me saluent. Je me souviens alors de Ribbon et de la sensation si familière qu'elle a suscitée en moi.

— Est-ce que Ribbon est là ?

— Oui. Elle doit être dans sa chambre. Tu veux lui dire bonjour ?

— Euh... Oui, s'il te plaît.

Vanessa m'emmène jusqu'à la chambre de la jeune femme. Pourquoi suis-je autant attirée par elle ?

— Tu me trouveras dans le bureau au fond du couloir si tu as besoin. Le même que la dernière fois, me dit-elle avant de partir.

J'ouvre la porte après avoir frappé et avoir été invitée à entrer. Elle est assise sur un canapé deux places qui fait face à la porte. Sur la table basse noire se trouvent un verre et une bouteille qui contient un liquide ambré. À sa gauche il y a une petite cuisine, une table et deux chaises. À sa droite, il y a un lit dont la tête est adossée à une petite fenêtre recouverte par d'épais rideaux rouges. Je m'avance vers elle et elle m'accueille avec le sourire.

— Bonsoir. Voulez-vous que je vous serve à boire ? demande Ribbon en me tendant un verre.

— Bonsoir, dis-je en acceptant le verre dans lequel elle me sert le liquide ambré.

— *Eto ochen' khorosho.*

— Comment ?

Elle me fait signe de boire. Je porte le verre à mes lèvres. Une nouvelle fois, le liquide me brûle la gorge et je sens mon corps se détendre et mon esprit partir. Les yeux verts de Ribbon me fixent avec malice, comme si elle attendait quelque chose.

— *Ty znayesh', pochemu ya zdes'* ?

Cette voix n'est pas la mienne, elle est plus grave, plus assurée et utilise une autre langue. J'ai une nouvelle fois perdu le contrôle.

— Non, je me posais justement la question sur la raison de votre venue. Qui êtes-vous ? demande-t-elle dans la même langue.

— Ne fais pas comme si tu ne me connaissais pas.

— Je devrais ? demande-t-elle en penchant la tête sur le côté.

— Pourquoi as-tu postulé ici ?

— Parce que le patron me plaît.

— Arrête de me cacher la vérité.

— Si je te dis la vérité, il va me tuer.

— Je l'en empêcherai.

— Qu'est-ce que tu veux ? Tu les as tous tués et il a terminé le travail en faisant tout exploser. Es-tu venue finir ce que tu as commencé ? Après tout, je suis la seule qui reste.

— Comment as-tu survécu tout ce temps sans ton coéquipier ?

— Pourquoi veux-tu le savoir ?

— Pour retrouver ma liberté.

— Il est ton protecteur. Tu ne peux pas te séparer de lui. Moi, j'ai été forcée de le faire à cause de toi.

— Il doit bien y avoir un moyen.

— Pourquoi veux-tu soudainement ton indépendance ?

— Je veux reprendre ma place.

Elle me sert un autre verre. Je ne dois pas le prendre sinon je ne pourrai pas revenir, comme la dernière fois. Ma main se fige devant le breuvage, mais elle est plus forte et je ne peux pas l'empêcher de l'avaler, d'une traite cette fois. Ribbon rigole.

— Toujours schizo à ce que je vois.
— Fais attention à ce que tu dis. Sinon tu vas finir comme ton frère.
— Ce n'était pas mon frère. Comme il n'est pas le tien. Je ne vis plus depuis qu'il est parti. J'arrive à peine à survivre. Ton « frère » a un bon fond. C'est l'image que j'avais gardée de lui et j'avais raison. Il m'offre le gîte et je suis chargée de la sécurité.
— Pourquoi ne pars-tu pas ?
— Où veux-tu que j'aille ? Nous n'existons pas. Nous n'avons même pas de nom. Nos seuls repères étaient ceux qu'ils nous donnaient. Vous, au moins, vous avez la chance d'avoir un peu de libre arbitre. Moi, je suis obligée de faire tout ce qu'il me demande.
— C'est toi qui es venu le trouver.
— Parce que je ne peux pas me suicider.
— Dis-moi comment je peux m'échapper. Je sais que tu le sais. C'est grâce à toi si nous sommes là aujourd'hui.
— Et que ferais-tu de cette liberté ? Tu es folle.
— Je ne suis pas folle !
Elle rit d'un rire démentiel et s'approche de moi.
— Je sais comment ça fonctionne, reprend-elle en me caressant les cheveux. Je l'ai déjà vu t'activer. Tu bois pour inhiber l'autre et tu lui fais peur en lui racontant des horreurs. Mais sans les bons mots, tu ne peux rien faire de plus. Tu es instable. Tu profites de son absence pour réapparaître. Je ne sais pas qui est la personnalité en place actuellement, mais elle me semble bien faible. Sinon, tu ne serais pas là. Quand il va apprendre ce que tu fais — parce qu'il sait tout —, il va s'emporter. Peut-être même te tuer.
— Je n'aurais pas dû venir te parler.
— Abandonne. Ni toi ni une autre ne pouvez exister.

— Je peux exister. Je l'ai déjà fait !
— Non, tu ne peux pas. Tu n'existes pas. Tu es un démon dans ce corps, tu n'y as pas ta place. Tu veux te débarrasser de lui pour posséder ce corps ? Mais tu ne pourras aller nulle part sans lui. Tu crois que s'il t'évite, c'est seulement pour te protéger ? Tu te trompes. Il est lié à toi. Il est obligé de revenir. Même s'il te déteste. Il aurait préféré ne jamais être parti de là-bas. La preuve, il se balade encore avec son matricule.
— Ce ne sont que des mensonges ! Je m'en vais.
Elle se précipite vers moi et m'attrape par le col.
— Pour aller où ? Ton frère chéri est en prison parce qu'il a forcé sur la drogue pour t'oublier. Oublier ton existence. Tu crois que sa femme va t'aider ?
— Sa femme ?
Je cligne des yeux. J'ai enfin repris possession de mon corps. Ribbon me tient encore, un sourire malicieux aux lèvres.
— *You didn't know about it* ? reprend-elle en anglais. Ils sont mariés. Lui et Vanessa. Il lui appartient. Dès qu'il aura trouvé le moyen de se débarrasser de toi, il pourra vivre une vie presque normale avec elle.
Cette nouvelle me déstabilise. Des souvenirs me reviennent, comme un tsunami d'images, de sensations, d'odeurs. Ma tête me fait terriblement mal, j'ai envie de vomir et le sol tangue. Il ne faut pas que je me souvienne de tout ça.
— Que se passe-t-il ? Tu vas t'évanouir ? Tu es si faible. Tu croyais pouvoir venir ici et me faire peur ? Découvrir la manière de prendre possession de ce corps ? Tu peux toujours courir. Maintenant, sors d'ici !
Elle ouvre la porte et me jette dehors. Mon regard se trouble. Je suis appuyée contre le mur de ce couloir où se trouvent des portes de part et d'autre. Comme perdue dans

un labyrinthe de possibilités. Je n'ai plus la force de bouger. Je n'ai pas compris ce qui vient de se passer. L'agressivité de cette femme que je ne connais pas. Ma capacité à échanger dans cette langue, que je ne comprends pas. Pourtant, je ressens de la colère, de la haine, mais ces sentiments ne m'appartiennent pas. Je prends une profonde respiration, puis je me lève péniblement et me dirige vers la porte au bout du couloir.

— Oh, te voilà. Est-ce que ça va ? Tu as déjà forcé sur la bouteille, à ce que je vois.

— Vanessa. Est-ce qu'il t'appartient ?

— De quoi tu parles ? demande-t-elle en m'aidant à m'asseoir sur un siège.

— Es-tu sa femme ?

— Sa femme ? À ton frère ? C'est Ribbon qui t'a raconté ça ?

J'entends la porte s'ouvrir derrière moi. Vanessa lève la tête.

— Tiens, quand on parle du loup. Qu'est-ce que tu lui as donné ? Elle n'a pas l'air bien.

— C'est le bourbon. Elle n'a pas résisté. Je vais lui faire prendre l'air. Désolée, je n'aurais pas dû lui en proposer. Vous pouvez continuer de travailler tranquillement.

— Merci.

Je sens une main qui se pose sur mon épaule, m'agrippe et m'emmène. Nous sortons du bureau.

— Que vais-je bien pouvoir faire de toi ? Tu es là, sans défense.

— Laisse-moi tranquille. Je ne t'ai rien fait.

— C'est toi qui es venue me chercher.

— Tu m'as droguée.

— Tu es faible, c'est tout.

Elle me traîne jusqu'à sa chambre, ouvre un placard en face du lit, me jette dedans, puis le ferme à clé. Recroquevillée dans cet endroit clos, le flot de souvenirs continue de défiler devant mes yeux. Je le vois. Lui, moi, et d'autres que je ne reconnais pas. Un laboratoire. De la neige, des bois. Je me frotte frénétiquement le visage, comme pour faire fuir ces souvenirs, et hurle de douleur. Je pleure et appelle à l'aide, en frappant contre la porte du placard. Mais même la voix m'a abandonnée. Je suis seule, dans cet endroit exigu, dans le noir. J'étouffe. Malgré mon désir de respecter ses règles, je ne peux plus contenir cette vague de souvenirs. Les autres vies que nous avons menées. Il y a eu d'autres Vanessa. Les jours où il m'a battue et torturée. Mon souffle est court. Les murs de mon cachot semblent se refermer sur moi et l'air me manque. Vais-je mourir ici ?

Enfin, je me calme en laissant le souvenir extatique d'un arbre, de la lumière du jour traversant les branches, m'envahir. De lui me prenant dans ses bras, m'embrassant doucement le visage. Nous ne sommes pas frère et sœur. Pourquoi me le faire croire ? Mon cœur se calme. Mes spasmes aussi. Je sens toujours ma tête battre. Je prends une profonde inspiration et essaie de reprendre mes esprits. Il faut que je sorte. Je tâte les parois. Tout est si lisse. Il doit bien y avoir une sortie.

— Ribbon, sais-tu où est mon invitée ?

C'est la voix de Vanessa.

— Elle est rentrée.

— Ah oui ? Comment ?

— Je lui ai appelé un taxi.

— Elle aurait pu venir me dire au revoir. Il est tard, je l'appellerai demain. Merci.

— De rien.

Je frappe contre les parois, sans succès. Elle ne m'a pas entendue. À bout de forces, je m'endors. Je fais des rêves et des cauchemars qui me semblent si réels. Ces démons qui m'habitent m'ont emmenée jusqu'ici et abandonnée.

J'ouvre les yeux en sursautant. Je viens de faire un cauchemar dont je ne me souviens pas. Après m'être calmée, je ferme à nouveau les yeux. Je me vois en train de m'entraîner au combat. Sais-je vraiment faire tout ça? Galvanisée par ce rêve, je réunis mes dernières forces et essaie d'ouvrir le placard à coups d'épaules. Mais je n'ai pas suffisamment de place pour prendre de l'élan. Ces derniers efforts sont vains et je me résous à mourir ici.

Tout à coup, une porte claque violemment et me sort de ma torpeur.

— Qu'est-ce que tu lui as fait?

C'est lui.

— Rien. J'ai déjà tout raconté à Vanessa. Elle ne tient pas l'alcool. Elle n'était pas bien, alors je lui ai appelé un taxi. Elle n'est pas rentrée?

— Tu l'as fait boire? Que lui as-tu mis en tête? Où est-elle?

— Moi? Je ne lui ai donné aucune idée. Elle s'est monté la tête toute seule. Elle voulait te fuir et vivre sa propre vie.

— Tu racontes des conneries. C'est cette chose en elle qui lui a dit de le faire. Tu l'as tuée pour te venger? J'aurais dû te foutre dehors dès que tu as mis les pieds ici.

— Qu'est-ce qui te fait dire ça? Tu n'arrives plus à la sentir? Si tu te souviens bien, ce n'était pas mon rôle de tuer. C'était le sien. Celui de mon coéquipier. Celui qu'elle a tué.

— C'est pour ça que tu es revenue?

— Je suis venue ici parce que je n'avais nulle part où aller. Vois le bon côté des choses : maintenant, tu peux vivre une vie presque normale avec Vanessa.

— Quoi ?
— Ce n'est pas ce que tu souhaites ? Nous ne sommes que des poupées. Toi, tu as l'avantage d'avoir un libre arbitre. C'est pour ça que vous avez pu vous enfuir. Si elle disparaît, tu ne seras plus rattaché au passé. Tu seras libre.
— Si elle disparaît, je meurs.
— Non. Ce lien n'existe plus. On ne peut pas le recréer avec une autre personnalité. Seulement avec la vraie. Et la vraie, je l'ai tuée. Tu te fais du mal en la gardant près de toi.

La porte claque à nouveau. Croit-il vraiment que je suis morte ? Et de quoi parlaient-ils ? Qui est « la vraie » personnalité ? Qui est cette autre personnalité ? Je ne comprends rien. Toujours prisonnière et impuissante, mes yeux se referment.

Une lumière aveuglante me réveille. Lorsque j'ouvre les yeux, je vois mon reflet. Partout. La boîte sombre est devenue une boîte de miroirs. Je ne peux pas m'empêcher de me regarder. J'ai l'air fatiguée et apeurée. Mon reflet me regarde avec curiosité. Ce n'est pas vraiment moi dans ce miroir. Ça ne l'a jamais été.

— *Mademoiselle ?*
— Comment ?
— *Est-ce que vous m'écoutez ?*

Mon reflet me fixe, sans aucune émotion. Est-ce un autre rêve ?

— *Mademoiselle, est-ce que vous m'entendez ?*
— Oui, je vous entends.
— *Bien. Concentrez-vous sur ma voix. Écoutez-moi attentivement. Vous allez devoir sauver l'humanité. Aimez-vous l'humanité ?*
— Oui...
— *Vous devez éliminer le mal.*

— Je ne peux pas faire ça.
— Si, vous le pouvez. Mademoiselle, écoutez-moi.
— Non.
— Vous n'avez pas d'autre choix, mademoiselle. Il faut m'écouter sinon vous allez mourir. Et ce n'est pas ce que nous voulons.

Je sens mon esprit s'endormir alors que mon corps s'éveille. Je me regarde à présent vivre, comme si j'étais de l'autre côté du miroir. Mes mains parcourent ma cage avec habileté, à la recherche d'une éventuelle faille. Parfaitement alerte malgré la fatigue, je sens la texture des joints des miroirs.

Enfin, une brèche. Elle y glisse mon ongle, qui manque de se décoller, dans une fente, puis donne plusieurs coups de poing sur le miroir. Il ne se brise pas. Mes phalanges sont en sang et pourtant je ne ressens qu'une légère douleur. Elle insiste jusqu'à apercevoir la première fissure. Tout à coup, la lumière disparaît. Les miroirs aussi. Je sens une autre texture sous mes doigts, celle du bois. La faille que j'ai sentie n'est plus là. J'en cherche une autre. Elle se trouve au-dessus de moi. Elle déplace une trappe et m'infiltre dans ce qui semble être une bouche d'aération. Elle rampe à tâtons. Des faisceaux lumineux jaillissent ici et là. J'entends des rires, des gémissements et cette même musique lancinante. On ne doit plus être loin de l'entrée. Elle ouvre une trappe qui donne sur une laverie. Elle se laisse tomber sur une machine à laver et ouvre la porte. J'ignore où je me trouve, mais d'instinct, elle suit la musique et approche de la grande salle pour pouvoir retrouver ce couloir. À cet instant, la chose qui s'est emparée de mon corps veut se venger de Ribbon, qu'elle appelle Quatre. Alors que nous nous rapprochons de la grande salle, je croise des femmes qui discutent. L'une d'entre elles m'interpelle :

— Eh, toi ! Qu'est-ce que tu fais là ?
— Je cherche Vanessa. Où est-elle ?
— Qui es-tu ?
— La sœur de votre patron.
— Il n'a pas de sœur.
— Si.
— Qu'est-ce qui nous prouve que c'est toi ?
Une autre femme lui chuchote quelque chose à l'oreille.
— Oui, c'est vrai, tu as ses yeux. Viens, suis-moi.

Je la suis et traverse ce couloir plein de portes, puis la jeune femme me laisse devant celle au bout du couloir et s'en va. Je fais semblant de frapper. Une fois qu'elle a disparu de mon champ de vision, je me dirige vers la chambre de Ribbon. En ouvrant la porte, je la trouve assise sur le lit, face au placard vide et ouvert, les yeux dans le vague.

— Tu as réussi à sortir ? demande-t-elle en tournant la tête vers moi de manière nonchalante.
— Je dois t'éliminer. C'est bien toi qui l'as enfermée dans ce placard ?
— Tu as réussi à t'activer toute seule ? Tu peux faire ça ?
— Oui. Et je peux aussi te tuer.

Je sens ce sourire diabolique se dessiner sur mon visage. Elle ne bouge pas. Elle semble attendre. Fuis, Ribbon, s'il te plaît. La chose lui dit :

— Tu n'as pas l'intention de te défendre ?
— Pour quoi faire ?
— Tu ne veux pas que je te laisse la vie sauve ?
— Je suis venue ici pour qu'il me tue. J'ai perdu mes maîtres et mon coéquipier, je n'ai plus de raison de vivre. Mais il a refusé. Parce que je ne représente pas une menace. Maintenant que j'ai mis ta vie en danger, vous avez une bonne raison de me tuer.

— C'est vrai.
— Tue-moi. Je t'en supplie.
Nous nous regardons. La chose prend pitié d'elle et je sens mon corps se détendre. Elle n'est plus une menace.
— Tu n'as qu'à tout oublier, toi aussi.
— Comment pourrais-je tout oublier ?
— Il t'expliquera comment faire. Il a réussi avec moi.
Elle rigole.
— Comme tu es naïve. Il ne peut pas effacer nos souvenirs. Et puis, je ne veux pas vivre ce que tu vis.
— Comment va-t-il ?
— Il est en vie. Vanessa s'occupe de lui comme une épouse dévouée.
— Ils ne sont pas ensemble.
— Si, ils le sont.
— Tu mens !
La chose lui met une droite. Du sang perle au coin de sa bouche. Elle n'a opposé aucune résistance. Quelqu'un frappe à la porte.
— Ribbon ! C'est l'heure, tu viens ? Tu es prête ?
— Oui, j'arrive. Je te rejoins dans quelques minutes.
Elle s'essuie la bouche et s'installe devant sa coiffeuse pour dissimuler ses blessures avec du maquillage.
— Je vous fais tant pitié que ça ? Ni toi ni lui ne voulez en finir avec moi.
— Tu es juste perdue. Sans fonction.
— Je n'ai plus de coéquipier.
— Tu peux agir seule. C'est ce que tu fais présentement.
Elle se lève. Son visage est à présent parfait. Elle attache un nœud dans ses cheveux.
— Comment t'es-tu sauvée ? lui demandai-je.

— J'étais en mission, en infiltration au sein d'une famille. Lorsque j'ai appris qu'il y avait eu une explosion et que tous les autres étaient morts, je suis restée avec eux. Ils ont fini par m'élever comme leur propre fille. Je me suis occupée d'eux jusqu'à leur mort.

— Et après ?

— Après leur décès, je n'avais plus personne sur qui veiller. C'était difficile après avoir passé quarante années à leur côté.

— Ils n'ont pas de descendance ?

— Si, mais leurs enfants me détestent. J'ai veillé sur leurs parents alors qu'eux n'étaient pas présents et ne voulaient pas assumer cette charge. Leur ressentiment s'est accentué lorsqu'il a été question d'un héritage. Puis va leur expliquer pourquoi leur demi-sœur n'a pas pris une ride depuis presque quarante ans.

— Tu es libre, fais ce que tu veux.

— C'est ce que ton frère m'avait recommandé de faire. Mais c'était insupportable. J'étais incapable de gérer tout un tas de choses. Alors je suis venue ici pour qu'il m'aide.

— Ce que tu fais ici ne te plaît pas ?

— Dès que je vois ton frère, je repense à ce brasier...

— Trouve-toi un autre coéquipier.

— Penses-tu un jour pouvoir trouver quelqu'un pour le remplacer ?

La discussion est interrompue par l'arrivée d'une jeune femme qui se jette dans les bras de Ribbon et l'embrasse sur les lèvres.

— Viens ma chérie, ils vont s'impatienter.

— Je te rejoins dans une seconde.

— Promis ?

— Oui, promis, dit-elle avant de l'embrasser.

La jeune femme me salue et s'en va. Je regarde Ribbon, perplexe.
— Tu as trouvé ta nouvelle coéquipière, à ce que je vois.
Elle me sourit tristement et sort de la pièce.
Que vient-il de se passer ? Elle m'assied face à la coiffeuse et fixe mon reflet, qui s'adresse de nouveau à moi.
Mademoiselle. Votre mission est terminée. Vous pouvez vous reposer.

6.

— Réveille-toi, je t'en supplie.

J'entends sa voix me répéter cela plusieurs fois, mais je n'arrive pas à le faire. Mes paupières sont si lourdes et mon esprit flotte paisiblement dans le néant.

Lorsque je réussis enfin à me réveiller, je suis couchée dans ce lit d'hôpital. Celui qui a une fenêtre qui donne sur un arbre. Je me sens lourde. Je n'ai pas le temps de sortir de ce brouillard que la porte s'ouvre. C'est lui. Et Vanessa. Dans son regard se lit un mélange de soulagement et de tristesse. Il ne me dit rien, il se contente de m'observer. Longuement. Je lui ai désobéi et j'ai risqué ma vie. Je mérite cette punition. Mais j'ai tellement peur. À cet instant, la seule chose que je désire est de m'enfuir loin de lui. Les images des dernières punitions me font craindre le pire. Il ressort sans me dire un mot. Il est déçu.

Le lendemain matin, le médecin passe m'ausculter et m'annonce :

— Vous avez retrouvé la forme. Vous pourrez rentrer chez vous d'ici quelques jours. Connaissant votre frère, il voudra que vous rentriez dès que possible.

— Quand pourrai-je quitter cet endroit ?

— D'ici deux jours, je pense.
— Je ne veux pas rentrer.
— Pourquoi ?
Il est perplexe, mais semble vouloir m'aider. Je ne veux pas risquer de lui en dire trop.
— Je ne veux pas rentrer, s'il vous plaît.
— Si vous ne me dites pas ce qui se passe, je ne peux pas vous aider.
— Je ne veux pas rentrer. Je préfère rester ici un moment. Aussi longtemps que possible.
Il hésite un instant et me dit :
— Je vais voir ce que je peux faire.
La nuit est tombée. Les bips incessants des machines m'empêchent de dormir. L'arbre qui fait face à mon lit est devenu une ombre. La porte s'ouvre, laissant la lumière du couloir entrer quelques instants.
— Tu es réveillée ?
— Ribbon ? Que fais-tu ici ?
— J'ai changé d'avis.
— À propos de quoi ?
— Je veux t'aider à t'enfuir.
— Ce n'est pas ce que je veux.
— Pourquoi ?
— Il va me punir.
— Je sais.
— J'ai peur.
— Choisis un nom.
— Quoi ?
— Il te faut un nom pour exister dans ce monde.
— Je n'en veux pas.
— Alors tu ne pourras pas fuir.
— Je... Je ne sais pas.

— Veux-tu vraiment fuir ?

Perdue, je ne lui réponds pas. Elle continue :

— Fuir signifie intégrer ce monde. Dans ce monde, tu seras une malade mentale. Tu continueras d'entendre ces voix parce que tu ne pourras pas échapper à ton reflet et aux éléments déclencheurs. Tu finiras peut-être par réussir à calmer ces voix grâce aux médicaments. Il te faudra de l'argent pour vivre. Et tant que personne n'aura envie de partager sa vie avec toi, tu seras seule. Tu rencontreras des personnes qui te feront croire qu'elles sont intéressées pour vivre une histoire d'amour avec toi, mais il ne faudra pas te laisser duper. Si des personnes se rapprochent de toi, ce ne sera que pour des raisons personnelles et égoïstes : le sexe, la fascination, l'argent ou la sécurité. Alors, veux-tu vraiment fuir ?

— Elle ne veut pas.

Je sursaute. Il est là, juste derrière elle. Mon cœur se met à battre violemment.

— C'est l'autre qui lui a mis cette idée dans la tête. Mais elle n'en a pas envie. Elle sait que je suis le seul à savoir ce qui est bon pour elle. Je suis le seul qui la traitera comme il faut. Fuir ne la mènera nulle part.

— Quel beau discours, répond Ribbon. Un vrai protecteur.

— Sors d'ici, maintenant. Tu as déjà fait assez de dégâts. Tu as voulu la détruire pour te venger de la mort de ton coéquipier, mais elle n'ira nulle part. Je ferai tout pour empêcher cela.

— C'est trop tard. Après ce que je lui ai fait endurer dans ce placard, elle va devenir folle. Tu vas la perdre.

— À force de fricoter avec les humains, tu es devenue comme eux. Tu n'es pas censée éprouver ce genre d'émotions. D'ailleurs, tu ne devrais en éprouver aucune. Je pensais t'avoir mieux formée. Ce dysfonctionnement nous donne une bonne raison de te tuer. Tu seras sa dernière mission.

Je le regarde, paniquée. Ribbon rigole.

— Ne fais pas ça, je t'en supplie. Ne la tue pas.

— C'est la dernière fois.

Il se rapproche de moi, attrape mon visage, et me fixe droit dans les yeux.

— Mademoiselle ?

— Oui, dis-je, mon cœur battant la chamade.

— Est-ce que vous aimez l'humanité ?

— Oui...

— Voulez-vous la sauver ?

— Quelle est ma mission ?

— Cette personne représente une menace. Vous devez l'éliminer. Elle doit mourir.

— Oui, monsieur.

La sensation que j'avais ressentie chez Vanessa réapparaît. La même que dans la boîte de nuit. En est-il la source ? Je quitte mon corps pour rejoindre les limbes de mon esprit. Cette fois, je sens que la présence est différente. Elle veut juste exécuter l'ordre qu'on lui a donné, elle n'a pas soif de sang comme celle qui s'était éveillée chez Vanessa.

Mon regard se porte sur Ribbon. Elle ne fuit pas. Sa posture n'est pas agressive. Elle attend. La chose qui a pris possession de mon corps la frappe au visage. Elle ne bouge toujours pas. J'ai envie de lui hurler de partir. Au lieu de ça, la chose lui assène plusieurs coups au visage et attrape sa tête pour la fracasser contre le mur. Elle titube et s'écroule par terre, la tête entre les mains. Elle lui donne des coups de pied. Enfin, Ribbon repousse une attaque, ce qui me secoue un peu. Je la regarde, déstabilisée, et m'assieds par terre près d'elle. Je

ressens de la compassion, une émotion émanant d'une autre encore. Le visage de Ribbon est contrit par la douleur et des larmes coulent le long de sa joue. Je sens ma tête remuer de droite à gauche, puis je parle une nouvelle fois cette langue inconnue avec douceur :
— Numéro Quatre, que fais-tu ici ? Où est Trois ?
— Tu l'as tué ! Tu ne t'en souviens pas ? demande-t-elle en rigolant entre deux larmes.
— Qu'est-ce que tu racontes ? Je n'aurais jamais touché à l'un d'entre vous.
— Tu. Es. Folle !
La compassion s'envole brutalement, laissant place à cette première présence pleine de colère. Un hurlement de rage s'échappe de ma bouche et la chose attrape sa tête et la fracasse à plusieurs reprises contre le sol. Le bruit de son crâne s'enfonçant dans le carrelage me glace le sang. Quand cela cessera-t-il ? Je la lâche enfin. Elle ne bouge plus. Vient-elle de la tuer ? Je contemple le cadavre qui me semble inconnu et pourtant si familier.
— Où suis-je ?
Des mains attrapent mon visage et des yeux gris me fixent.
— Mademoiselle. Vous avez mené votre dernière mission à bien. Félicitations. Vous pouvez aller vous reposer maintenant.
Je hurle encore. De peur, de tristesse, de douleur. Je pleure. Ma tête tourne et me fait terriblement mal. Je pose mes mains recouvertes de sang chaud sur mon visage et les regarde ; je pousse à nouveau un cri. Un brouhaha de voix résonne dans ma tête.
— Est-ce que je viens de la tuer ? D'où vient ce bruit ?
— C'est fini, maintenant.
— Non. Non, je ne voulais pas.

— On rentre.
— Où ?
— À l'appartement.
— Je ne veux pas.
— Pourquoi ?
— Tu vas me punir.
— Pas aujourd'hui. Pas maintenant.
— Quand ?
— Va t'habiller, dépêche-toi. Et arrête de pleurer.

Il me lance des vêtements qu'il a récupérés dans une armoire.

— Et elle ?
— Ne t'inquiète pas pour ça. Change-toi.

J'enlève ma blouse d'hôpital et enfile une robe, tremblante. Face à mon corps nu, il se retourne.

— Pourquoi détournes-tu le regard quand je me déshabille ?
— Ton corps a changé.
— Le tien aussi.
— As-tu fini ?
— Oui.
— On y va.

Il m'attrape le bras et ouvre la porte. Deux hommes en blouse blanche entrent dans la chambre au même moment. Il m'a posé un masque sur le visage. Les couloirs de la clinique sont étrangement calmes. Il me fait monter dans la voiture et appelle Vanessa.

— Allô ?
— Je ne pense pas venir travailler ce soir. Et Ribbon est virée. Ne compte plus sur elle.
— Ah oui ? Elle est partie avec Lilas ?
— Je ne sais pas, pourquoi ?

— Lilas n'est pas venue ce soir. Personne ne sait où elle est.
— Ce n'est pas grave.
— Dois-je lancer de nouvelles candidatures ?
— Oui.
— Et ta sœur, comment va-t-elle ?
— Elle se repose.
— A-t-elle bien récupéré ?
— Oui. Tout va bien.
— Et tu la ramènes quand ?
— Demain.
— Tu rentreras ce soir ?
— Non.
— Tu retournes là-bas ?
— C'est chez moi, Vanessa.
— Je croyais que...
— À demain, l'interrompt-il avant de raccrocher.

Ribbon disait-elle vrai ? M'a-t-il remplacée ? Son expression est si triste quand il est avec moi, tellement plus froide qu'avec elle. Pourquoi me garder près de lui si je le rends malheureux ?

Je détourne la tête vers l'extérieur. Il fait nuit. Les rues, éclairées par les lampadaires, sont presque vides. Je baisse la tête et aperçois mon reflet dans le rétroviseur. Il essaie de communiquer. Je vois mes lèvres remuer, mais je ne les sens pas bouger. Mon visage revêt plusieurs expressions alors que je le sais impossible. Il personnalise chaque voix. *Fuis. Non, reste, on a besoin de lui. Non, si tu le tues, tu seras libre ; on pourra faire ce qu'on veut. C'est de sexe dont il a besoin, as-tu vu ton corps de femme ? Il ne veut que ça.*

« Chut », murmurai-je. « Taisez-vous, s'il vous plaît. Pas toute en même temps. » Ma tête est lourde et me fait terriblement souffrir. Je sens une larme couler, sûrement à cause de la douleur. Je l'essuie et sens l'odeur de sang séché sur mes mains, ce qui me donne la nausée.

— Arrête de gémir. Elles n'existent pas, d'accord ? me dit-il.

Il manie la commande du rétroviseur de manière que je ne me vois plus dedans. Je ferme les yeux et prends de profondes inspirations. J'essaie de faire le tri dans mon esprit, mais ne parviens qu'à me laisser happer par les voix.

— Je t'ai demandé d'arrêter de gémir. Et respire.

— Je ne gémis pas, dis-je d'une voix plus grave et rauque.

— Je ne veux plus t'entendre. S'il te plaît.

— Quoi ? Aurais-tu peur que je te jette un sort ? Que j'échafaude un plan pour m'évader ? Que je te tue ?

— Ta gueule !

Je sursaute. J'ai encore perdu le contrôle.

— Ribbon avait raison, je suis en train de devenir folle, dis-je en pleurant. J'ai mal à la tête. Elle est si lourde.

— On est presque arrivé.

— Pourquoi ne me donnes-tu pas ces médicaments dont elle a parlé ?

— Elle est morte. Cesse de croire ce qu'elle racontait.

— Pourquoi ?

— Tu n'en as pas besoin.

— Pourquoi me mens-tu ? Qui est ce docteur Jonathan et d'où venons-nous vraiment ?

— Je t'ai déjà dit d'oublier ça.

— Ribbon m'a raconté...

Il se gare d'un coup sec sur le bas-côté et me saisit par la gorge.

— Je ne te dois rien. Si tu n'arrêtes pas de parler...

— Quoi ? le coupai-je. Tu vas me tuer ? Ou m'envoyer au septième ciel ? le questionnai-je en riant entre deux larmes. Que veux-tu me faire ? Ce que tu fais à ta pute ?

Il resserre son étreinte. J'entends des battements lointains. Plus lents cette fois. Puis plus rien.

Lorsque je me réveille, je vois notre immeuble à travers la vitre. Les voix semblent endormies. Ma tête est plus légère et mes mains sont propres. Ai-je rêvé ? Il ouvre ma portière et me porte dans ses bras. Je me blottis contre lui. Il fait nuit et le temps est froid, mais le fond de l'air est chaud. Je crois que le printemps ne va plus tarder. Il me serre contre lui. Son cœur bat fort. Une fois dans l'appartement, il me couche sur le lit et me recouvre. J'entends ses vêtements glisser sur sa peau. Je me tourne dans sa direction. Ses cheveux sont plus longs, ses muscles plus saillants. Combien de temps s'est écoulé depuis que j'ai été enlevée ? Il s'assied près de moi et me caresse la tête.

— Je veux que tu dormes. Après, ça ira mieux, tu verras.

Je m'endors sous ses caresses. Tout est si calme lorsqu'il est avec moi.

Le lendemain, à mon réveil, il n'est plus dans la chambre. Je me dirige vers le salon où est allumée la télévision et me blottis contre son bras. Il l'éteint.

— Je crois que j'ai fait un cauchemar.

— Quel genre de cauchemar ?

— Je ne sais plus, mais j'avais peur. Très peur. Vas-tu rester avec moi ce soir ?

— Non. J'ai du travail.

La journée passe sans qu'il dise un mot, mais il reste à mes côtés. J'essaie de faire fonctionner ma mémoire, de donner du sens aux quelques scènes dont je me souviens, de comprendre ce qui se passe en moi, mais quelque chose m'empêche d'aller plus loin.

Vers midi, il s'endort sur le canapé. Toujours blottie contre son bras, je m'assoupis à mon tour. Puis, dans mon rêve, je vois de nouveau mon reflet dans le rétroviseur, froid. Une voix résonne au-dessus de toutes les autres.

— Non...
— Réveille-toi. Que se passe-t-il ?
— Hum ? fais-je, encore à moitié endormie.
— Tu faisais un cauchemar.
— Un cauchemar ?
— Oui. Qu'est-ce que c'était ?
— Je ne m'en souviens plus.
— Tu es sûre ?
— Oui.
— Va préparer le dîner. Fais vite, je dois partir dans une heure et demie.

Une fois dans la cuisine, j'inspecte le contenu des placards et du réfrigérateur. Rien ne manque, comme d'habitude. Comme si rien ne s'était passé. Je commence les préparations en essayant de rester concentrée sur mes gestes et de faire les choses comme elles me viennent. De suivre cette routine, de lui obéir, tout en espérant que cela calmera mes démons intérieurs. Je prends un couteau pour découper des légumes. Soudain, une image apparaît dans mon esprit : mon bras scarifié, gouttant de sang. Je remue la tête pour la faire disparaître.

— Que se passe-t-il ?

Je sursaute. Il est appuyé contre l'encadrement de la porte, bras croisés, et m'observe attentivement.

— Rien. Mes cheveux me gênent.
— Tu es sûre ?

— Oui.

J'ai menti. Ce que je n'ai pas le droit de faire. J'ai envie de pleurer. Ravalant mes larmes, je sers le dîner à table. Il me rejoint sans cesser de m'examiner. Il ne dit rien durant le repas. Je débarrasse en silence. Il entre dans la cuisine et me serre dans ses bras. « Ne me laisse pas, » pensai-je. Mais je reste silencieuse, profitant de ce moment et emmagasinant toute l'énergie qu'il me donne. Puis il s'éloigne et s'en va. J'entends la porte se fermer, mais pas le son des clés tournant dans la serrure. Je m'assieds sur le canapé et regarde la porte, interloquée. *Il veut que tu partes.* Je détourne le regard de la porte afin de la faire taire.

L'image du couteau et de mon bras scarifié tourne en boucle dans ma tête. C'est le seul objet qui semble exister. La seule pensée qui m'habite. Je me lève, tremblante, et empoigne le couteau. Il n'est pas encore sec et une goutte d'eau perle sur la pointe de la lame. Je le regarde un instant. Je l'ai aiguisé juste avant de couper les légumes, comme j'ai l'habitude de le faire. Mon cœur se met à battre plus vite à mesure que la lame s'approche de mon bras. Je ferme les yeux et comme une artiste prise d'une soudaine inspiration macabre, marque mon bras. Je sens la lame s'enfoncer dans la chair, me brûlant. Je pousse un cri, les lacérations se font plus profondes et la douleur devient insupportable. Je m'arrête et ouvre les yeux. Doucement, je lave mon bras sous le robinet. Le sang rouge vif ruisselle dans l'évier blanc. Une fois mon bras soigné, je retourne m'asseoir sur le canapé. La douleur est lancinante. Mais dans ma tête, le calme est revenu. Son désir satisfait, elle peut enfin me laisser m'endormir en paix.

La lumière du soleil me caresse le visage et me réveille. 8 h. Comme un automate bien réglé, je me lève pour me préparer le petit-déjeuner.

La sonnerie du téléphone m'interrompt. C'est lui.
— Je ne pourrai pas rentrer.
— Ah...
— Est-ce que ça va ?
— Oui... je... je me prépare un petit-déjeuner. Où es-tu ? J'entends une voix de femme en fond.
— Il y a eu un accident. Je dois me rendre au commissariat pour témoigner.
— Au commissariat ? Combien de temps ?
— Je ne sais pas. Je pense qu'ils veulent parler à tout le monde.
— Ils vont t'arrêter ?
— Non.
— Je peux venir ?
— Non. Reste à la maison. Je rentrerai ce soir.
— J'ai besoin de toi...
Il a raccroché.

Me rendre au commissariat ? Pourquoi avoir proposé cela ? Suis-je si désespérée de ne pas le voir ? Ou était-ce encore...

Je me précipite à table pour avaler mon petit-déjeuner. Respecter la routine et me concentrer sur mes gestes. « Je ne veux plus vous entendre, je ne veux pas que vous parliez à ma place » pensai-je. Mais je n'arrive pas à rester concentrée. Cette porte déverrouillée m'obsède. « Je dois me rendre au commissariat pour témoigner. Je pense qu'ils veulent parler à tout le monde. » Cela va prendre du temps. Puis il ne m'aurait pas dit où il se trouvait s'il ne voulait pas que je le rejoigne. *Et cette fille est avec lui. Il ne rentrera pas, c'est sûr.* Chut, tais-toi. La voix essaie de m'encourager dans cette voie. Ne sait-elle pas que désobéir entraîne une punition ?

Il est 10 h. Je suis en retard. Il faut que je me lave et que je nettoie, puis la voix me laissera tranquille. L'eau est froide. Je me concentre sur son mouvement le long de mon corps, l'odeur presque inexistante de savon, mes cheveux mouillés qui tombent sur mon dos. Vivre l'instant présent pour oublier le passé et ne pas penser au futur. Ne voir que lui et cet instant.

Une fois ma douche terminée, je m'habille et retourne au salon pour vérifier l'heure, mais quelqu'un toque à la porte. Je regarde par l'œillère et aperçois un jeune homme qui porte des lunettes. Il me salue de la main et lance à travers la porte : « Bonjour, je suis votre nouveau voisin ».

J'ouvre.

— Bonjour.

— Bonjour, dit-il avec un air surpris. Je ne m'attendais pas à avoir une voisine si jolie. Mince. Je l'ai pensé à haute voix. Désolé. Je croyais qu'un homme habitait ici. C'est ce que disent les autres voisins.

— Oui, c'est mon frère.

— En tout cas, je suis enchanté de faire votre connaissance. Je m'appelle Gaël. J'ai emménagé hier à l'étage du dessous.

— Enchantée.

Je ne sais pas quoi dire de plus. C'est la première fois que je rencontre quelqu'un sans lui. J'ai envie de claquer la porte et de l'ignorer, mais mon corps refuse de bouger. Le silence s'installe. Mes yeux le détaillent : il est plutôt menu et un peu plus grand que moi, avec une barbe châtain qui commence à pousser.

— Mademoiselle ?

— Oui ?

— Si vous êtes d'accord, je pourrais vous inviter à boire un thé chez moi ? Pour faire plus ample connaissance. J'étudie les plantes et j'ai tout un tas d'infusions bénéfiques pour la santé. Ça vous dit ?

— Je ne sais pas...

— Si vous voulez, on peut le faire plus tard ? Avec votre frère ?
— Oui, peut-être...
— Désolé de me montrer aussi insistant. C'est que... je suis nouveau dans la région, alors j'essaie de faire de nouvelles connaissances. Vous devez penser que je suis un peu désespéré. Je vais vous laisser. Mais au cas où vous changeriez d'avis, je vais passer ma journée à déballer mes cartons, donc vous me trouverez forcément chez moi.

Je le regarde, perplexe. *C'est une proie facile. Laisse-moi faire.*
— Avez-vous une voiture ?
— Une voiture ? Euh... oui.
— Si j'accepte de prendre le thé avec vous, seriez-vous d'accord pour m'emmener quelque part ?

Il est déstabilisé par ma demande, autant que moi.
— Bien sûr. Où souhaitez-vous aller ?
— Au commissariat.
— Au commissariat ?
— Mon frère s'y trouve en ce moment.
— Ah... d'accord. Vous voulez y aller maintenant ?
— Oui. Je vais prendre mon manteau.

Je me retourne et attrape le manteau dans le placard. Je me suis fait une raison. La routine ne les empêchera pas d'agir. Réaliser leurs désirs, si. Je le suis à l'étage du dessous. Il m'invite à entrer dans son appartement. Ses meubles sont en bois et semblent anciens. Une odeur d'huile essentielle embaume le salon. Le mur est d'une jolie couleur jaune pastel. Des cartons sont éparpillés sur le sol. Maladroitement, il sort deux tasses d'un carton, situé dans la cuisine ouverte, et des paquets de feuilles séchées d'un autre.

— Que faites-vous dans la vie ? Êtes-vous étudiante ?
— Non. Et vous ?

— Je viens d'ouvrir un magasin dans lequel je vends toutes sortes de tisanes et d'huiles essentielles. Je suis un peu comme un apothicaire, mais avec des plantes.

Il me donne une tasse et me demande d'attendre dix minutes, le temps que la tisane infuse.

— Vous ne m'avez pas dit votre nom ?
— Que m'avez-vous préparé ? demandai-je en faisant semblant de ne pas avoir entendu sa question.
— Une tisane apaisante, qui met de bonnes humeurs.
— Vraiment ?
— Oui. Si vous en consommez deux fois par jour, ça peut vraiment fonctionner. Votre frère est policier ?
— Non.
— Pour quelle raison se trouve-t-il au commissariat ?
— Je ne sais pas. Mais il m'a dit que ce n'était pas pour lui.
— D'accord. Vous ne m'avez toujours pas dit ce que vous faisiez dans la vie ?
— J'aide mon frère au sein de son entreprise.
— Ah oui ? Dans quel domaine travaille-t-il ?
— Il tient un bar.
— Génial. Comment s'appelle son bar ? Nous pourrions y passer un soir. J'adore faire la fête. Vous devez sortir souvent, alors ?
— Non, pas vraiment.
— Vous travaillez depuis chez vous ?
— Oui.
— Vous ne devez pas voir beaucoup de monde. La solitude ne vous pèse-t-elle pas ?
— Non.
— Je ne sais pas comment vous faites. Ce qui me plaît dans mon métier, c'est le contact avec les clients. Je ne pourrais jamais travailler à domicile.

Il me fait signe de boire la tisane. Nous terminons notre tasse de thé et il m'invite à le suivre jusqu'à sa voiture. Gaël me demande de lui montrer un peu les environs, mais je ne connais aucun endroit.

— Venez-vous aussi d'emménager dans cette ville ?
— Oui.
— Comment faites-vous pour sortir si vous n'avez pas de voiture ? Cette zone est mal desservie par les transports en commun. Remarquez, c'est pour cette raison que j'ai décidé d'habiter ici.
— Mon frère me sort de temps en temps, mais il est très occupé par son travail.
— Si vous avez besoin d'aller quelque part, n'hésitez pas à venir me trouver. Je vous y conduirai si je ne suis pas occupé. Je n'ouvre la boutique que dans deux semaines et tout est déjà prêt.
— Merci.

Je sens une certaine assurance m'envahir. Gaël me plaît. Ou du moins, il plaît à cette voix. La voluptueuse. Je décide de la laisser faire. Il se gare et propose de m'accompagner, mais je refuse et lui demande de m'attendre dans la voiture. Je ne veux pas qu'il le voie. J'entre dans le commissariat où règne un brouhaha constant. Je m'adresse à une femme en uniforme qui est à l'entrée, et lui décris mon frère.

— Parce qu'en plus il a une sœur ? dit-elle en rigolant avant d'appeler son collègue. Eh, Paul ! Le gars sur lequel toutes les filles bavent, il a une sœur.
— Voyons voir ça... Sa sœur est-elle célibataire ? me demande un homme en uniforme.
— A-t-il terminé ? Puis-je le voir ?

— Mais bien sûr, poupée. Il est dans le couloir. Il attend que les autres aient terminé. Il prend soin de ses nombreuses amies du sexe opposé.

Il m'indique le couloir derrière lui. Mon cœur fait un bond. Pourquoi suis-je ici ? Je me suis laissée entraîner par ce démon qui me donne une démarche pleine d'assurance. Il est assis dans un coin, sur un siège. La tête posée contre le mur, les yeux fermés, il semble réfléchir. Il tient dans sa main le collier avec les trois pendentifs. Je m'approche doucement. Il ouvre brusquement les yeux et me regarde, étonné.

— Qu'est-ce que tu fais là ? Comment es-tu venue jusqu'ici ? me demande-t-il avec un regard empreint de colère.

— Je... je...

Le démon m'a abandonnée. Je le pensais plus courageux.

— Réponds-moi.

— Je... voulais juste te voir.

— Qui t'a emmenée ?

— Le voisin.

— Le voisin ? Quel voisin ? Tu as ouvert à quelqu'un ?

— Oui.

— Il est toujours là ?

— Oui, il m'attend dans sa voiture.

Vanessa fait irruption dans le couloir en pleurant.

— Je n'arrive pas à croire qu'elle se soit suicidée, dit-elle avant de me voir. Oh, mais que fais-tu ici ?

— Qui s'est suicidée ? demandai-je avec assurance ; le démon m'a sûrement retrouvée.

— La petite amie d'Alice, répond-elle. Elles s'aimaient tellement. Elle n'a pas supporté sa disparition. C'était tellement soudain.

— Alice ?

— Oui, Ribbon.
— Vanessa, tu veux bien m'attendre ici quelques instants ? Je dois régler quelque chose avec ma sœur.
— D'accord.
— Conduis-moi à ton chauffeur.

Il pose fermement sa main sur mon épaule. Je le conduis à Gaël, qui attend patiemment dans la voiture en écoutant la radio. Il nous aperçoit et sort du véhicule en nous saluant de la main. Qu'ai-je fait ? Il prend un air enjoué et approche pour le saluer.

— Bonjour, lui dit-il. Vous êtes le voisin ?
— Oui. Je m'appelle Gaël. Je viens d'emménager. Je suis passé chez vous pour me présenter.
— Et vous acceptez d'emmener une inconnue au commissariat sans poser de questions ? Soit vous êtes le type le plus con du monde, soit vous êtes très intéressé.
— Non, pas du tout. Je lui ai proposé de venir boire un thé chez moi et elle a accepté en échange de ce petit service. C'est normal de s'entraider entre voisins.
— Un thé ?
— Oui, elle est venue boire un thé à la maison. J'ai une herboristerie en ville. Je lui ai fait goûter un échantillon. C'est tout.

Il pose les yeux sur moi, agacé. Puis il se tourne à nouveau vers Gaël, toujours en souriant, et ajoute :

— C'est gentil d'être passé. Une de mes amies vient de mourir, alors je vais devoir m'occuper de la paperasse cet après-midi. Je rentrerai ce soir. Si vous venez d'emménager, vous ne devez pas encore avoir de quoi cuisiner. Venez dîner chez nous. Pour vous remercier de ce service.
— Ce serait avec plaisir. Voulez-vous que je ramène votre sœur ? Ça ne me dérange pas. Étant donné que mon magasin

n'ouvre que dans deux semaines, j'ai beaucoup de temps libre. On pourrait faire un tour en ville et visiter le quartier.
— Êtes-vous en train de me demander la permission ?
— Non. Enfin, si, un peu. Mais ce n'est pas ce que vous croyez.

Sa réponse maladroite lui vaut d'être moqué par lui. Après avoir cessé de rire, il déclare :
— Comme je n'ai pas le temps de m'occuper d'elle avec toute cette histoire, je vous la confie. Ma fiancée est très secouée par cet incident. Je serais ravi que vous vous occupiez de ma sœur.

Sa fiancée ? *Il t'a remplacée.* Va-t-il se débarrasser de moi ? Serait-ce la raison pour laquelle il me laisse seule ?
— Est-ce que ça va ? me demande Gaël.
— Ma sœur est fragile. Faites attention à elle. C'est pour cette raison que je n'aime pas trop qu'elle sorte. Mais ça ira, ne vous en faites pas.
— Au fait, quel est votre nom ?
— Nos parents sont morts avant de nous en donner. Nous avons préféré que ça reste ainsi.
— Désolé. Ce doit être compliqué pour les papiers administratifs.
— Nous avons des noms d'emprunt que nous n'aimons pas utiliser.
— C'est pour ça que tu ne me répondais pas.
— Oui.
— Je dois y retourner. On se verra ce soir. Je ramènerai le dîner, tu n'auras rien à faire. Profite bien de ta balade.

Il ne me regarde plus et s'en va. Gaël m'ouvre la portière.
— Ça va ? On peut rentrer si tu veux ?
— Non, ça va aller. Allons-y, dis-je en souriant.
— On peut se tutoyer.

— Oui. Si tu veux.

Il nous emmène au centre-ville. Nous habitons une ville moderne. Tout est très neuf et très coquet. Nous nous promenons en discutant de banalités. Je me sens fatiguée. Fatiguée de devoir contrôler les autres. De jouer avec elles. Il m'a abandonnée. Alors j'abandonne aussi.

Mon corps se détend. Une forme de confiance m'envahit ainsi qu'une certaine excitation. Dans mon esprit, Gaël devient un jouet. Un jouet promis à une fin macabre. Elle s'approche de lui et le tient par le bras, me serrant contre lui. La place principale de la ville est animée par un groupe de guitaristes et un chanteur. Des couples se séparent de la foule pour danser.

— Tu aimes danser ? demande Gaël.

— Je n'ai rien contre, mais je ne suis pas douée.

— Ça te dirait de danser avec moi ? J'adore cette chanson.

Sa main m'invite à le rejoindre. Elle accepte. Il me prend par la taille, je pose mes mains sur ses épaules et nous rejoignons les autres couples. Il plonge son regard dans le mien. C'est si facile. Elle se blottit contre son torse et descend mes mains sur sa taille. À la fin de la chanson, il me libère et me remercie.

— Tu ne danses pas si mal que ça.

— Merci.

Elle jubile. Mais ce moment me rappelle un autre souvenir. Ma tête me lance et je dois m'arrêter d'avancer.

— Il se fait tard. Je crois que nous devrions rentrer, lui dis-je.

— Oui, tu as raison. À quelle heure est prévu le dîner ?

— Il devrait être prêt vers 20 h, je pense.

— Alors, dépêchons-nous.

Elle le suit jusqu'à la voiture et monte à l'avant, sans aide. Ma vue se trouble et je me revois danser avec lui. Je ressens la chaleur de ce moment et une odeur d'air marin me monte au nez. J'ai envie de pleurer, pleurer de joie, mais aucune larme ne coule. Ce souvenir est tellement agréable. Ma tête devient plus légère et le souvenir s'envole. La confiance revient.
— As-tu un mal de crâne ? Tu te tiens la tête depuis tout à l'heure.
— Oui, ma tête me fait un peu mal, mais ça va passer. Merci pour cet après-midi, c'était agréable. J'espère que nous pourrons recommencer. Si tu es d'accord.
— Absolument. J'espère simplement que ton frère sera d'accord.
— Ça ne devrait pas poser de problème. Il s'est installé avec sa... fiancée et ne vient plus souvent me voir.
— Il t'a laissé l'appartement ?
— Oui, en quelque sorte.
— Tu dois te sentir seule.
— Très.
Arrivée devant la porte, je me rends compte que je n'ai pas les clés. Elle descend à son appartement. Il est en train de ranger des cartons en sifflotant. *On dirait que nous avons rendu un homme heureux aujourd'hui.* Elle lui propose son aide, le temps qu'il revienne.

Mon frère débarque avec le dîner. Nous montons à notre appartement et nous installons à table. Gaël a ramené une bouteille de vin qu'il propose de nous servir. Elle accepte le verre, il ne dit rien, mais me jette un regard foudroyant. Elle boit une gorgée en le regardant droit dans les yeux, comme pour le provoquer.
— Ce vin est délicieux, dis-je.

— Merci. Je n'étais pas sûr que ça se marierait bien avec ce plat.
— Boire du vin est toujours une bonne idée.
— Votre sœur m'a dit que vous teniez un bar, mais elle ne m'a pas expliqué quel genre d'ambiance y régnait.
— Une ambiance... sensuelle.
— C'est étrange. Mais ça me plaît. Pourrai-je venir y faire un tour ?
— Non, c'est un club privé.
— Et quel est le critère pour se retrouver sur la liste ?
— Il faut avoir beaucoup d'argent. Vraiment beaucoup d'argent.
— Je vois. Dans ce cas, ce n'est vraiment pas pour moi. Je suis fauché comme les blés à cause de mon nouveau commerce.
— Ce genre de boutique tourne toujours bien ?
— Oui, pas trop mal. Les citadins aiment les produits naturels. Si vous voulez, je pourrais vous préparer quelque chose pour garder la forme.
— Pourquoi pas.

Il boit une gorgée de vin en me regardant, irrité. Cette conversation l'ennuie au plus haut point. Vers 23 h, il prie notre invité de bien vouloir partir, car il doit se rendre au travail. Une fois la porte refermée, il se tourne vers moi.

— Boire du vin est toujours une bonne idée ? Pour qui te prends-tu ? Je ne connaissais pas ce numéro.
— Expérience numéro six. La veuve noire. Nous avons rarement eu l'occasion de travailler ensemble.

J'apprends enfin à qui j'ai affaire. Elle se rapproche de lui et lui caresse l'épaule. Il me gifle à deux reprises, me forçant à reprendre le contrôle.

— Tu n'étais pas censée répondre à cette question. Je te demande de ne pas écouter les voix et toi, tu vas aguicher le voisin ? Pour quoi faire ?

Je défaille et tombe par terre, en larmes.

— J'ai besoin de toi. Sans toi, c'est difficile. Je les ai laissées faire. Ma tête me fait tellement mal. Et je suis tellement fatiguée. Et toi, tu me fuis pour une autre.

Il me gifle encore.

— Si je pouvais, je t'aurais tuée. Je ne veux plus que tu traînes avec ce type.

— Pourquoi ? Lui, au moins, il s'occupe de moi.

— Quoi ?

Il m'attrape par le bras gauche, celui qui est scarifié. J'esquisse une grimace. Il comprend. Il retrousse ma manche et enlève le bandage.

— C'est quoi ça ? La mèche qui te gênait hier ? Alors maintenant, tu me mens et tu me caches des choses ?

Je ne réponds pas et continue de pleurer. Il me gifle encore.

— Je m'en vais. Si je reste, je vais te tuer.

— Non, ne pars pas. J'ai besoin de toi. Les voix ne s'arrêtent plus, elles prennent possession de mon corps et...

— Elles te demandent de te scarifier et de draguer le voisin ? C'est toi qui les laisses faire !

— Tout est si calme après... Je suis obligée de le faire.

— Sois plus forte que ça.

— Reste, je t'en supplie.

Je m'agrippe à lui. Je ne veux pas qu'il parte. Pourquoi ne comprend-il pas que j'ai besoin de lui ? Il me rejette et s'en va. J'éclate en sanglots. J'ai peur. Je me sens prise au piège, seule, abandonnée. Je m'endors sur le sol, épuisée par la peur.

7.

Je me réveille dans un bain, une douleur au bras. Mon bras droit est à son tour scarifié et mon sang coule dans la baignoire. Comment suis-je arrivée ici ? *Laisse-moi faire, n'aie pas peur. Je vais t'aider.* Je reconnais la voix de la veuve noire et acquiesce. La sensation de confiance revient.

Je sors du bain et bande mes deux bras. Elle traverse le salon, nue, savourant cette sensation de liberté et m'habille avec les vêtements que m'a achetés Vanessa. Elle opte pour un pull décolleté et un jean, puis elle me fait une queue de cheval. Quelqu'un frappe à la porte. C'est Gaël. *Pile à l'heure. Tu l'as invité ? Oui. J'ai vu que tu te sentais un peu seule.*

— Comment vas-tu ? Je suis passé hier, mais tu ne répondais pas. Tu étais sortie ?

— Non. Juste très fatiguée. Je suis désolée.

— Après le dîner, je l'ai entendu élever la voix. J'espère que tu n'as pas eu de problèmes à cause de moi ?

— Non, ne t'inquiète pas. Il aime jouer au gros dur, mais en réalité, il ne mord pas. Tu veux entrer ?

— Oui, pourquoi pas. Je t'ai ramené un thé pour les maux de tête.

— C'est gentil, merci. Il va falloir que je te paie pour tout ça.
— Non, ce n'est pas la peine. Disons que ce sont des cadeaux pour l'ouverture.

Elle l'embrasse sur la joue pour le remercier. Il est gêné et rougit. Elle l'invite à entrer et nous nous installons sur le canapé.

— Une fille aussi jolie que toi doit avoir un fiancé, non ?
— Non. Je reste enfermée toute la journée, je ne vois pas grand monde. Et toi ? Un garçon aussi attentionné doit bien avoir une fiancée, non ?
— Non plus. Je suis trop gentil, elles ne restent pas. Les femmes ne croient plus au prince charmant. Et puis je suis herboriste. Ce n'est pas vraiment un métier qui fait rêver.
— C'est peut-être parce que je ne sors pas beaucoup, mais je crois encore au prince charmant.

Ma main caresse sa cuisse. Ses yeux se portent alors sur mon décolleté, ses pupilles se dilatent. *C'est vraiment trop facile.*

— Il est temps pour moi de rentrer. J'ai encore des cartons à déballer, dit-il, embarrassé.
— Oui, je comprends. Si tu es d'accord, nous pourrions aller faire un tour demain ?
— Bonne idée. Demain après-midi, ça te va ?
— C'est parfait.

Elle lui embrasse la joue pour lui dire au revoir et ferme la porte.

La confiance que me donne la veuve noire s'estompe quand Gaël n'est plus là. Elle se calme et je crois qu'elle fait place à celle qui scarifie mon corps. L'excitation laisse place à la lassitude. La lassitude à l'angoisse. Je ne suis plus la routine et pendant que les heures passent, je reste comme paralysée. Entre deux esprits, entre deux souvenirs. Pourtant, je bouge, je mange, je lis, mais ce n'est pas moi. Quand j'ose revenir pour prendre possession de mon corps, ma tête me fait terriblement mal et un flot de sons emplit mon cerveau. Seules mes sorties avec Gaël semblent calmer cette effervescence. Dès que la volonté d'une voix est satisfaite, elle se tait et fait taire les autres. Et je la laisse faire à ma place.

Durant la semaine qui a précédé l'ouverture du magasin, la veuve noire s'est rapprochée de Gaël. Lui n'est rentré à la maison qu'une seule fois pour récupérer des vêtements. Il m'a demandé si je l'avais revu. Elle lui a assuré que non, que je faisais tout ce qu'il m'avait demandé. Mais il sait que ce sont des mensonges. Il a senti l'odeur de Gaël, il a vu la veuve noire dans mon regard et pourtant, il est reparti sans rien dire.

Comme souvent le matin, Gaël passe prendre le thé. Je me sens un peu plus endormie que d'habitude. J'ai parfois l'impression que la veuve noire m'hypnotise pour s'assurer que je reste tranquille et que je ne l'empêche pas d'agir. J'arrive à percevoir ses pensées et ce matin-là, elle a des envies plus charnelles. Ses gestes ne trompent pas. Au fil de la discussion, elle se rapproche de lui.

« Arrête, tu vas trop loin, » protestai-je. Mais elle ne m'écoute pas. Au détour d'un long regard, elle l'embrasse. Je sens sa chaleur contre mes lèvres. Sa main se pose sur mon visage. « Arrête, s'il te plaît. S'il nous voit... ». Mon cœur bat fort. Le goût de l'interdit et la sensation de plaisir l'enivrent. Elle s'installe à califourchon sur lui. Le baiser devient plus passionné. Ses mains glissent sous mon haut pour caresser mon corps.

— Sors d'ici tout de suite ou je t'explose la tête !
— Quoi ? Putain de merde. Je...
— Dégage !

C'est lui. Il est rentré. Il me sépare de Gaël, qu'il empoigne par le col et jette dehors avant de claquer la porte. Il est furieux. J'ai peur. Quant à elle, elle s'amuse de la situation.
— Tu es allée trop loin.
— Qu'est-ce qu'il y a ? Ça ne te plaît pas ?
— Tu... *Vy ne na zadanii.*
Il a changé de langue et ne parle plus anglais. Je ne comprends plus ce qu'ils se disent. Encore. Que me cachent-ils ?
— Je n'ai pas besoin qu'on me donne une mission. C'est mon péché mignon, dit-elle en rigolant tout en approchant de lui. Serais-tu jaloux ? Je peux t'accorder les mêmes faveurs, si tu en as envie, continue-t-elle en lui caressant le visage. Ça fait longtemps, n'est-ce pas ?
Il reste un moment immobile, ferme les yeux sous cette caresse, puis m'attrape par le poignet.
— *Leave, now*, ordonne-t-il en anglais. Je ne veux pas avoir affaire à toi.
Ma tête tourne. J'ai l'impression de tomber du ciel.
— Je veux que tu tues cet homme avant la fin de la semaine.
— Je ne peux pas faire ça.
— Il doit bien y avoir une voix qui t'aidera.
— Non, ne les laisse pas faire.
— C'est pourtant ce que tu fais, les laisser faire.
— Je t'en supplie. Pourquoi ne pas me faire oublier ?
— Tu demandes à être punie, maintenant ?
— Oui.
— Alors c'est que tu n'es pas prête. Tue-le.
— Reviendras-tu si je les laisse faire ?
— Tu m'as menti. À plusieurs reprises. Et tu m'as trompé.
— Et Vanessa ?

— Quoi, Vanessa ? Tu continues de croire ce qu'Alice a raconté ?
— Tu me démontres chaque jour qu'elle a raison.
— Et toi, que tu es faible. Penses-tu que je veuille t'abandonner ? Aimerais-tu changer de vie ? En as-tu assez ? Dans ce cas, je te laisse vivre ta vie. Débrouille-toi.

Il se dirige vers la sortie, claque la porte et disparaît. Gaël revient un peu plus tard. Je lui demande de me laisser seule. Je ne veux plus le voir, de peur que les voix passent à l'action et le tuent.

Changer de vie ? Suivre la routine, l'écouter aveuglément, ne pas poser de questions. Pourtant, des questions, j'en ai. Je ne suis que sa marionnette, sa captive. C'est pour cette raison qu'il ne vient jamais me voir. Quel plaisir éprouve-t-il à me garder enfermée ici ? Pourquoi passe-t-il tant de temps à l'extérieur avec elle ? Il se lasse de moi. Ai-je été enlevée ? Je sens que ma place n'est pas ici. J'ai pensé plusieurs fois à me suicider. Il me suffirait d'ouvrir la fenêtre et de me jeter du quinzième étage. Pourtant, au fond de moi, je sais que ça le rendrait triste. Parfois, j'ai l'impression d'être la personne qui compte le plus pour lui. D'être sa seule raison de vivre, tout comme il l'est pour moi. Peut-être fait-il cela pour me mettre à l'épreuve. Mais ces voix... puis la carte de Vanessa... il a dû la trouver et maintenant, il m'en veut. *Oui, il t'en veut*, confirme une voix que je n'ai jamais entendue. *Il t'en veut. Sans toi, il serait plus heureux.* Elle a raison. Je m'approche de la baie vitrée, ouvre le rideau et la déverrouille. *Qu'est-ce que tu fais ?* Je mets fin à tout ça. Ça n'a pas de sens. *Arrête ! Ne fais pas ça. On va tout te dire. C'est toi qui dois nous écouter.* Mais je ne peux pas. Je ne veux pas. Je ne pense qu'a lui. À sa déception. Je dois lui obéir. Je pleure. *Si tu sautes, il sera vraiment très déçu. Pense à tous les efforts qu'il a fournis pour t'offrir cette vie, cette sécurité. Tu es en danger.* En danger ? *Oui. On te recherche.* Ai-je fait quelque chose de mal ? *Oui. Il te protège de tes erreurs. Mais tu n'en fais qu'à ta tête.* Quelles erreurs ? Que puis-je faire pour me faire pardonner ? *Laisse-nous faire. Ce n'est pas ce qu'il veut, il me l'a dit. Tu verras, Gaël ne t'abandonnera pas. Laisse-moi faire.*

Gaël sonne à la porte. Je sursaute et referme la baie vitrée. Il m'appelle encore. Je ne lui réponds pas. Il s'excuse d'avoir été si faible, si lâche et comprend que je ne veuille plus le voir. Mes lèvres esquissent un sourire. Elle lui ouvre et le presse afin qu'ils se rendent dans son appartement. Une fois chez lui, elle se blottit dans ses bras.

— Est-ce que ça va aller ?

— Non. Je suis terrifiée. Il m'a menacée et... puis-je rester dormir chez toi ce soir ?

— Oui, évidemment. De quelle manière t'a-t-il menacée ?

— Il a menacé de me tuer. Il m'a frappée.

Il m'examine et fait la grimace.

— Tu veux que j'appelle la police ?

— Ce n'est pas la peine. Je sais qu'il ne me fera rien. Ce n'est pas la première fois qu'il agit de la sorte. Mais je n'en peux plus.

Elle bâille.

— Toutes ces histoires m'ont épuisée.

— Attends, je vais te chercher un t-shirt.

— Non, ça va aller.

Il déglutit. Sa timidité et sa générosité éveillent en moi autant de pitié que d'amusement. Il me montre sa chambre et me dit qu'il va dormir sur le canapé.

— Nous sommes chez toi. Dors avec moi. Je me sens si seule.

— Euh... d'accord.

Je vois la sueur perler sur son front. Elle se déshabille. Désinvolte. Elle retire tout sauf sa culotte sous le regard fasciné et troublé de Gaël, puis elle s'allonge sous les couvertures.
— Tu me rejoins ?
— Je vais d'abord aller me changer.
— Te changer ?
— Oui, je vais mettre un pyjama.
— Dors-tu en pyjama d'habitude ?
— Non.
— Tu es chez toi. Fais comme d'habitude.
— Tu veux que je dorme avec toi, dans la même tenue que toi ?
— S'il te plaît.
Elle fait la moue. Il hésite, puis la rejoint dans le lit, mais en lui tournant le dos. Elle s'approche de lui, collant sa poitrine contre son dos. Il se retourne et semble troublé par mon regard. Il pose une main hésitante sur mon visage. Elle lui prend la main et la serre.
— Merci d'être là pour moi. De tenir tête à mon frère.
— Est-ce qu'il te garde prisonnière ?
— Oui.
— Il te bat souvent ?
— Ça arrive, dit-elle en dissimulant mes scarifications de manière peu discrète afin qu'il les voie.
— Il te torture aussi ?
— Parfois.
— Il faut faire quelque chose.
— Non. Il se drogue. Ce n'est qu'une mauvaise passe.
— Personne ne vient jamais chez vous ?

— En général, il ferme la porte à clé. Mais le jour où tu es venu te présenter, il avait oublié. C'est le destin qui nous a rapprochés.

Elle approche de ses lèvres et l'embrasse.

— Je suis désolé de ne pas avoir pu empêcher ça. Tu es sûre que tu ne veux pas que j'appelle la police ?

— Oui. Il a trop de pouvoir. Il s'en sortirait. Arrêtons de parler de ça, s'il te plaît. Cela fait si longtemps que je n'ai pas eu l'occasion de fuir loin de tout ça.

Elle se réfugie dans ses bras et récupère tout l'amour qu'il lui donne pour me rassurer. *Tu vois, quand tu me laisses faire.* Merci, murmurai-je avant de m'endormir contre lui.

Je ne me réveille pas avec la lumière du soleil. Le jour semble levé depuis longtemps lorsque j'ouvre les yeux. Je suis dans un lit qui n'est pas le mien et je ne suis pas certaine de l'endroit où je me trouve. Gaël entre dans la chambre, souriant, avec une tasse de thé dans la main. Il s'assied sur le lit et m'embrasse.

— Bonjour, petit ange.

— Bonjour. Avons-nous... ?

— Non, ne t'inquiète pas.

— Sommes-nous chez toi ?

— Oui. Tu ne te souviens pas de la nuit dernière ?

— Si, si. Pardon.

— Je t'ai préparé une tasse de thé. Tu as fait des cauchemars cette nuit. Tu as parlé pendant ton sommeil.

— Ah oui ? Qu'est-ce que j'ai dit ?

— Tu suppliais quelqu'un de ne pas t'abandonner. C'était qui ?

— Je ne m'en souviens pas.

Il me serre dans ses bras.

— Je ne t'abandonnerai pas, moi.

— Merci.
— Dis-moi, comment puis-je t'appeler ?
— Ne m'appelle pas, s'il te plaît.
— Il t'a volé ton identité ?

Je baisse la tête, ne sachant que dire. « Aide-moi, s'il te plaît », me dis-je à moi-même.

— Tu es en sécurité, ici, ajoute-t-il pour me rassurer. Tu peux faire ce que tu veux.
— Merci.
— Je ne vais pas pouvoir rester avec toi, car j'ai encore des cartons à déballer et l'ouverture du magasin à préparer.
— Ah oui, c'est vrai. C'est dans combien de temps déjà ?
— Deux jours.
— Pourrais-je venir travailler avec toi ?
— Quoi ?
— J'ai lu plein de choses sur le sujet. Je pourrais t'aider. Je n'ai pas envie de rester toute seule ici. S'il te plaît.
— Avec plaisir. J'ai juste été surpris. Je ne m'attendais pas du tout à cette proposition.
— Je ne te demanderai aucun salaire.
— En toute franchise, je ne sais même pas quand je serai capable de me verser mon premier salaire.

Il rigole. Je lui souris. *Il s'occupera bien de toi, tu verras. Il est l'homme qu'il te faut. Il ne t'abandonnera pas pour une autre, lui.* Je l'écoute en silence et acquiesce.

Je vis désormais chez Gaël, depuis environ sept jours. Je ne porte plus les vêtements qu'il m'a choisis. Elle raccourcit mes cheveux petit à petit. Ils arrivent au niveau de mes omoplates, maintenant. Je travaille aussi avec Gaël. C'est plutôt agréable. Même si le temps peut paraître long quand il n'y a personne. Tout se passe tellement bien. Trop bien. C'est étrange. J'ai l'impression de dormir constamment, de flotter dans mon esprit pendant qu'une autre personne se charge de tout quand je ne sais pas quoi faire. Dans le miroir, je ne me vois pas, je la vois elle. Mais je n'ai plus peur.

C'est le début de la semaine et comme souvent, l'après-midi est calme. Je m'approche de la seule cliente du magasin, qui examine les tisanes favorisant la fertilité.

— Bonjour, puis-je vous aider ?

Elle se retourne en sursautant. C'est Vanessa.

— Que fais-tu ici ?

— Je travaille.

— Ah oui ?

— Oui, avec mon ami, dis-je en indiquant Gaël qui se trouve derrière le comptoir. Que puis-je faire pour toi ?

— As-tu trouvé un petit ami ?

— Oui, c'est Gaël.

— C'est pour ça qu'il ne rentre plus, murmure-t-elle, pensive.

— Certainement. Alors, que cherches-tu dans ce rayon ?

— Je cherche un thé qui favoriserait la fertilité.

— La fertilité ?

— Oui. Ton frère et moi essayons... d'avoir un enfant.

— Comment ?

La nouvelle me secoue. Je sens la veuve noire s'éveiller en moi. *Quelle idiote ! Ne t'inquiète pas, je m'en occupe.* Nous gardons notre sang-froid et elle ajoute froidement :

— Ce n'est pas la peine. Il est stérile.

— Tu es sûre ?

— Oui. Essaierais-tu de lui faire un enfant dans le dos ? Tu ne devrais pas faire ça.

— Non. Non, je lui en ai parlé, dit-elle en baissant la tête.

— Si tu veux, nous avons du thé qui permet d'avoir une belle peau. Il fonctionne très bien. Je te montre ?

— Oui, merci.

Elle achète les thés que je lui propose ainsi que l'infusion favorisant la fertilité, puis elle part.

Un enfant ? Il a déjà tourné la page. Nous allons faire de même. Que vais-je devenir ? *On va s'occuper de toi. Ne t'inquiète pas, tu ne seras pas seule.*

Ce soir-là, je regarde mon reflet dans le miroir. Mes yeux sont en train de changer de couleur. Ils deviennent noirs. Et j'ai l'impression de m'affaiblir de jour en jour.

— *Que se passe-t-il ?* me demande la veuve noire. *Je t'ai déjà dit de ne pas t'inquiéter.*

— Il faut que ça s'arrête. Ça va trop loin.

— *Où iras-tu ? Il va fonder une famille, loin de toi. Tu as le droit de t'amuser. Et puis si Gaël ne te plaît plus, je m'en débarrasserai.*

— Non, ne fais pas ça. Il est gentil.

— *Quoi ? Serais-tu amoureuse de lui ? Ou bien te sens-tu coupable de m'avoir laissée le séduire afin que tu puisses l'utiliser pour combler ce vide émotionnel et mes envies ?*

— Ça suffit. Va-t'en.

— *Si je pars, tu entendras à nouveau les autres voix. Est-ce vraiment ce que tu veux ?*

Je me remémore les moments difficiles où j'entendais ce brouhaha et mes bras scarifiés, sur lesquels on ne voit déjà plus que de pâles cicatrices.

— *Quand j'en aurai terminé, tu n'existeras plus. Tu ne seras qu'un mauvais souvenir.*

— Qu'est-ce que tu racontes ? Je croyais que tu voulais m'aider ?

— *C'est toi qui as failli gâcher cette jolie enveloppe corporelle en cherchant à te suicider.*

— Pardon.
— *Abandonne. Complètement.*
— Je ne peux pas.

Je détourne mon regard du miroir. Gaël toque à la porte.

— Tout va bien ? À qui parles-tu ?
— Je chantais. Désolée. Je sors.

Soudain, elle se fige.

— *Il est là...*
— Comment le sais-tu ?

Au même instant, quelqu'un sonne à la porte. Puis, impatient, frappe.

— N'ouvre pas !
— Pourquoi ? me demande Gaël.
— C'est lui.
— Qui ça, lui ?
— Mon frère.
— Comment peux-tu le savoir ?

Il recommence à tambouriner violemment.

— Je sais que tu es là ! Ouvre cette porte.

Gaël me dit de ne pas m'inquiéter et de m'enfermer dans la chambre. Habillée d'une simple serviette, je traverse le salon comme une flèche pour me réfugier dans la chambre et ferme à clé. Gaël ouvre la porte d'entrée.

— Où est-elle ?
— Elle n'est pas ici, répond Gaël sur un ton qui se veut autoritaire.
— Ne me fais pas perdre mon temps. Je sais qu'elle est là.
— Je ne t'ai pas invité à entrer. Sors de chez moi !
— Essaierais-tu de me tenir tête ?
— Elle m'a tout raconté. Je sais que tu es son bourreau et que tu la gardes enfermée. Elle porte les traces des violences que tu lui as fait subir.

— Un bourreau ? répète-t-il dans un rire. C'est ce qu'elle t'a raconté ? Tu crois tout savoir, hein ? Tu vis avec une fille sans nom depuis quelques jours et tu penses la connaître ?
Il frappe à la porte de la chambre.
— Je sais que tu es là. Ouvre cette porte.
— Elle n'est plus sous tes ordres.
— As-tu observé ton reflet dans le miroir ces derniers temps ?
— Oui, dis-je doucement.
— Et tu n'as rien remarqué ?
— Non, tout va bien.
— Ouvre !
— Sors d'ici ou j'appelle la police, intervient Gaël.
— La police ? Je pourrais te tuer avant même que tu prennes ton téléphone.
— Serait-ce une menace ?
— Penses-tu avoir les épaules assez solides pour la protéger ?
— Je suis peut-être chétif, mais je ferai tout ce qui est en mon pouvoir pour la défendre.
Il se met à donner des coups dans la porte. Après plusieurs tentatives, la porte cède. Il avance vers moi et me saisit par les cheveux. Gaël essaie de s'interposer, mais il le repousse d'un revers de la main. Gaël perd l'équilibre et tombe au sol.
— Je ne sais pas ce que tu essaies de faire, mais tu vas trop loin, me dit-il, son regard plongé dans le mien. Regarde tes yeux, regarde les miens.
— C'est toi qui as commencé avec l'autre.
— Il faut qu'elle revienne.
— Je me sens parfaitement bien à sa place.
— Tu es en train de l'affaiblir.
— Je n'ai pas besoin de toi pour être forte.

— Tu as jusqu'à la fin de la semaine.

Il s'en va comme il est venu. Gaël s'approche pour vérifier que je vais bien. Je le rassure, mais je le sens méfiant.

Il me sert une tasse de thé pour me calmer et me demande :
— De quoi parliez-vous ?
— De rien.
— Il t'a lancé un ultimatum, n'est-ce pas ?
— Non, ce n'est rien.
— Tu ne m'avais pas dit que tu parlais russe.

Je le regarde, interloquée. À quel moment la veuve noire a-t-elle utilisé cette langue ? Je ne m'en suis pas rendu compte. Pourtant, cette fois-ci, j'ai compris ce qu'ils se disaient.
— Ah bon ?
— Oui. Que me caches-tu ?
— Rien. Je t'ai dit tout ce dont je me souvenais.
— Et tu ne te souvenais pas que tu étais russe ?
— Arrête avec ça. J'aimerais oublier cette partie de ma vie.

Elle détourne le regard, faussement traumatisée, et je sens une larme couler au coin de mon œil.
— Pardon. Je suis désolé, je ne voulais pas... Écoute, ce type est bien plus fort que toi et moi. Si nous sommes en danger, je dois le savoir.
— Je te dis que tout va bien, le rassure-t-elle avant de le prendre dans ses bras et de l'embrasser. Tes amis viennent toujours dîner ce soir ?
— Euh... oui.
— Parfait. Cela nous changera les idées. As-tu acheté le vin ?
— Oui et l'un de mes amis apportera une bouteille de bourbon de son oncle.
— J'ai hâte d'y goûter. En revanche, il faudra appeler quelqu'un pour réparer cette porte.

Elle lui sourit et l'embrasse. Il est si facilement manipulable.

Le soir, ses amis viennent pour dîner. Je soupçonne Gaël de leur avoir demandé de ne pas m'interroger sur mon identité. Ils se présentent chacun leur tour sans attendre de réponse de ma part. L'homme s'appelle Camille, il a les cheveux bruns et il est grand et fin. Sa fiancée, Carla, a les cheveux courts et châtains. Elle fait environ ma taille. Ils sont charmants, comme l'est Gaël. Après le dessert, nous dégustons le fameux bourbon de l'oncle de Camille. Le liquide a la couleur du miel et réchauffe mon corps. La brûlure ne m'étonne plus ni la sensation d'anesthésie qui vient après. Elle se sert un deuxième verre. Pourquoi me faire boire autant ? Je lui ai déjà dit que je la laisserais faire. Après avoir expliqué l'origine de la bouteille, Camille regarde Gaël et lui dit :

— Au fait, tu te souviens de nos explorations en pleine nature lorsque nous étions à la fac ?

— Oui, pourquoi ? Tu continues ?

— De temps en temps. Tu te souviens des ruines du sanatorium ?

— Hum... oui, je crois.

— Nous avions passé la nuit dans les bois et le lendemain, nous sommes tombés par hasard sur cet endroit. Tu disais avoir ressenti quelque chose de spécial.

— Ah oui, je me rappelle.

— L'État a décidé d'acheter ce terrain pour y construire un nouveau laboratoire. C'est à cet endroit que je travaillerai l'année prochaine.

— Tu vas quitter la région ? Quel dommage. Que comptent-ils faire au sein de ce laboratoire ?

— Tu connais déjà la réponse : secret défense. Mais pour te donner un indice, tu es parti pour une bonne raison et tu n'aurais pas aimé la suite.
— Je vois. Comment peux-tu continuer de faire ça ?
— Ces expériences font avancer la science.
— Que se passait-il avant dans ce sanatorium ? Ils te l'ont dit ?
— Ils menaient des expériences. C'était un laboratoire indépendant dans les années quatre-vingt. Mais c'est parti en vrille et tout a explosé. Apparemment, deux patients se sont échappés. Ils ne les ont jamais retrouvés. Ils en ont conclu qu'ils étaient morts.

Mon corps se crispe. Cette nouvelle dérange la veuve noire, mais je suis bien trop engourdie pour m'en préoccuper.
— De quoi parlez-vous ? intervient-elle.
— Il ne faut pas chercher à comprendre, me répond Carla. Quand ces deux scientifiques commencent à parler de leurs expériences secrètes, on est vite perdu. C'est tout à fait normal que tu ne comprennes pas.
— Tu es un scientifique, Gaël ?
— Non, plus maintenant. Je n'aimais pas la tournure que prenaient les choses. J'ai démissionné.
— Quel est ce sanatorium que vous avez exploré ?
— C'est un endroit magnifique, même s'il n'en reste plus grand-chose. Une explosion a tout ravagé et la nature a repris sa place.
— As-tu encore les photos des patients ? demande Camille.
— Oui, je crois. Elles doivent être quelque part.
— Tu as des photos ? demande-t-elle, inquiète.
— Oui. Je vais aller les chercher. Vous n'allez pas en revenir.

Il sort de table et fouille dans une boîte rangée dans le buffet derrière la table à manger. Mon cœur se met à battre plus fort et mes mains sont moites. De quoi a-t-elle peur ? Il revient avec les clichés, un peu abîmés par les flammes et les poses sur la table.

— Regardez, ce sont de vraies gravures de mode. Nous nous sommes demandé s'il ne s'agissait pas plutôt d'une agence de mannequinat. Ils semblaient plutôt classes pour des fous. Nous nous sommes dit que c'était sûrement une sorte de camp de repos pour de jeunes riches et névrosés des années quatre-vingt. Il n'y avait strictement rien à dix kilomètres à la ronde et c'était situé en plein milieu d'un bois. Je me demande quel genre d'expériences étaient menées dans cet établissement.

— Waouh ! s'exclame Clara. Cette femme ressemble à ta copine !

Elle place la photo près de mon visage. La veuve noire panique.

— Ah oui, c'est marrant, confirme Gaël avant de prendre la photo et de me la tendre. Regarde.

Ils ont raison. Le premier portrait me ressemble comme deux gouttes d'eau. Quant à l'homme qui se trouve sur le deuxième cliché, il me rappelle mon frère. Le quatrième portrait est celui d'Alice. Je me souviens alors de ce que m'ont raconté les voix : des supers bébés éprouvette, élevés dans un laboratoire plus de cent ans auparavant. Les chiffres inscrits sur les photos correspondent à ceux des colliers. Le numéro quatre est inscrit sous la photo d'Alice ; c'est ainsi que l'appelait une des voix. Je serre la photo plus fort. Gaël s'est-il rendu compte que le deuxième portrait était celui de mon frère ? Il la récupère en rigolant.

— J'ai téléchargé une application dont l'objectif est de nous associer à d'anciens portraits qui nous ressemblent, intervient Camille. Parfois, le résultat est assez impressionnant. Par contre, Gaël, je pense que tu devrais te débarrasser de ces photos. On ne sait jamais.

— Penses-tu que je sois encore sous surveillance ?

— Je ne sais pas. On ne me dit pas ces choses-là.

Ils échangent des regards inquiets et entendus. Le dîner se termine sur une note plus légère. Je débarrasse et Gaël raccompagne ses amis en bas.

Il sait, murmurent plusieurs voix.

La veuve noire laisse un verre lui échapper des mains et répond : «*Assez ! Je sais ce que je fais. Je vais m'occuper de lui ce soir, il oubliera tout.*»

Il est temps qu'on y retourne. Sa patience a des limites. Il va nous tuer. On ne peut pas la retenir plus longtemps. C'est le moment. Le moment de choisir. Fais ce qu'il faut pour que l'une d'entre nous reste. Sauf celle-ci.

«*D'accord*», reprend la veuve noire. «*Je vais voir ce que je peux faire.*»

Gaël revient vers elle, plus distant que d'habitude. Nous nous couchons sans rien dire et elle lui demande :

— Ce sanatorium est-il loin d'ici ?

— Il se trouve à environ une heure en avion. Pourquoi ?

— On pourrait aller y faire un tour.

— Pour quoi faire ?

— J'ai l'impression que tu en gardes de bons souvenirs. J'ai envie de partager ça avec toi. En plus, après avoir vu ces photos, je trouve que ça ajoute du mystère à cet endroit. Si ça se trouve, ce sont mes arrière-arrière-grands-parents.

La veuve marque un temps d'arrêt. Il me regarde comme la fois où je lui ai demandé de m'emmener au commissariat.

— Tu as le don pour me demander de t'emmener dans des endroits insolites. Et je te dis toujours oui. Mais tu n'as pas de papiers. Nous ne pourrons pas prendre l'avion. Il faudra trouver un autre moyen de nous y rendre.
— Lequel ?
— On pourrait y aller en voiture. Ça prendrait une bonne journée.
— Ce serait notre premier voyage, dis-je en lui caressant la joue.
— Oui.
— Quel genre d'expériences menais-tu ?
— Des expériences sur les êtres humains avec des machines... je ne peux pas en parler.
— Cela leur faisait-il mal ?
— Oui, ça pouvait leur faire beaucoup de mal.
— Tu as démissionné. Tu es vraiment une bonne personne.
— Oui, mais je regrette d'avoir aidé à initier ce projet.

Je sens mon corps se crisper. Pourquoi la veuve se met-elle dans tous ses états ?

— Ce n'est pas grave. Tu es un homme merveilleux.

Elle l'embrasse et caresse son corps. Elle veut autre chose. Je le sens. Je comprends alors la raison qui l'a poussée à boire autant : elle voulait s'assurer que je me tienne tranquille. Elle pose sa main sur son entrejambe. Il l'arrête, gêné.

— Je n'ai pas ce qu'il faut. Je suis désolé.
— Comment ça ?
— Je n'ai pas de quoi me protéger.
— Tu vis avec une femme depuis plusieurs semaines, mais tu ne te prépares pas à l'inévitable ?
— Je ne pensais pas que ça irait si vite. J'y remédierai demain, c'est promis.

Il dépose un baiser sur sa main et la prend contre lui pour s'endormir.

Le lendemain, elle prétexte ne pas se sentir bien pour ne pas avoir à travailler. Elle insiste pour qu'il la laisse seule et il finit par partir, bien qu'il le fasse à contrecœur. Une fois la porte fermée, elle attend quelques minutes et récupère la photo sur la table. Elle la regarde encore. La femme qui me ressemble affiche un visage triste, elle fuit l'objectif. Elle fixe longuement la photo. Plus j'observe ces clichés, plus j'ai l'impression de connaître ces personnes. Devant mes yeux défilent des images d'un passé qui ne semble pas être le mien, à l'intérieur de ce laboratoire avec ces hommes en blouses. Elle monte à notre appartement et glisse la photo sous la porte avec un mot : « *On rentre à la maison.* » Puis elle redescend.

Assise sur le canapé, je fixe le mur en face de moi. Gaël n'est plus là et j'ai l'impression que les voix se sont réunies et discutent entre elles dans cette langue que je ne comprends pas. Du russe, a dit Gaël. Certaines, j'en suis sûre, parlent encore une autre langue. Parfois, elles me scrutent ; j'en suis persuadée. Moi, je reste à part, je n'ai pas le choix. Immobile, comme un réceptacle dans lequel passent des démons. Je ne peux que subir. Au fil des discussions, je me sens loin de cette réalité, de mon corps, de mon esprit. C'est alors que je la sens. Cette présence qui se veut rassurante. Qui m'enveloppe de douceur et m'apaise. Elle m'ancre dans cette réalité qui ne me paraît plus réelle. Parfois, j'en suis sûre, je me lève, je fais des choses. Puis je m'assieds et je ne sais plus si j'ai imaginé tout ce qui s'est passé ou si ce sont elles qui me trompent. Je suis en train de devenir folle.

20 h. Gaël rentre enfin. Le brouhaha cesse dans ma tête et elle se jette dans ses bras.

— Tu te sens mieux ?

— Oui, beaucoup mieux. Quand partons-nous ?
— Tu veux y aller rapidement ?
— Oui. Avant la fin de la semaine.
— À cause de l'ultimatum de ton frère ?
— Non. J'ai seulement hâte.
Il me regarde avec méfiance et tourne la tête vers la table.
— Où est la photo ?
— Je ne sais pas, tu as dû la ranger.
— Non, je n'y ai pas touché.
Il se précipite dans la chambre et fouille l'armoire, puis revient dans le salon en inspectant tous les recoins. Il se tient devant moi, le regard sombre, et me dit d'une voix monocorde :
— Le deuxième portrait était celui de ton frère. Ça fait beaucoup de coïncidences. La première fois que je l'ai vu, il portait deux matricules autour du cou, les mêmes que l'on donnait aux sujets lors des expériences en laboratoire. Les mêmes que sur les photos. Camille m'a avoué que les recherches qu'ils prévoyaient de faire dans ce futur laboratoire porteraient sur la manipulation génétique et l'immortalité. Il m'a même demandé de vous surveiller. Il pense que vous êtes des assassins et que vous travaillez pour la mafia, que vous représentez un danger. Je ne veux pas le croire. Tu sembles tellement... fragile et déstabilisée. Que me caches-tu ?
— Gaël, tu me fais peur. Je ne comprends pas ce que tu dis.
— C'est toi qui me fais peur. Je t'ai accueillie chez moi sans poser de questions.
— Ne me mets pas dehors, s'il te plaît. Ne me force pas à retourner chez lui, je t'en supplie.
Elle se met à pleurer. Il soupire et s'excuse.
— Pardon. Je ne sais plus qui croire.

Elle lui prend les mains et pose sa tête contre son torse. Il ne resserre pas son étreinte.

— Je ne veux pas m'engager dans une histoire qui débouchera sur une impasse, voire pire, dit-il. Tu me surveilles ? Tu travailles pour eux ?
— Pour qui ?
— Mes anciens employeurs.
— Non.
— Pourquoi joues-tu avec mes sentiments ?

Il s'éloigne de moi et me tourne le dos.
— Dis-moi ce qui se passe, demande-t-il. S'il te plaît.
— Mon frère veut me récupérer.
— Si Camille a dit la vérité, je ne peux rien faire. Il vaudrait mieux que je te laisse partir et que je t'oublie.
— Ne fais pas ça, je t'en prie. J'ai peur. S'il ne me trouve pas ici en revenant dimanche, il m'oubliera et ne nous fera rien. C'est promis. S'il te plaît, Gaël. Je... je t'aime.

Il se retourne, les yeux écarquillés, étonné par ce qu'elle vient de dire. Il la serre fort dans ses bras et l'embrasse en lui disant qu'il l'aime aussi. Puis il la regarde dans les yeux et je lis de l'inquiétude dans son regard.

— Tes yeux sont en train de changer de couleur. Tu avais remarqué ?
— Ah oui ?
— C'est normal ?
— Je ne sais pas.
— Tu veux qu'on aille voir un médecin ?
— Non. Je veux partir en excursion avec toi le plus tôt possible.
— On partira demain, après la fermeture du magasin. D'accord ?
— Merci.

Elle lui attrape la main et le regarde une nouvelle fois dans les yeux. Il veut tellement y croire. Je le vois dans ses yeux. *Pathétique*, crache la veuve noire. Il l'embrasse langoureusement. Il est disposé à lui donner ce qu'elle n'a pu obtenir hier. « Arrête-toi, je t'en supplie, » dis-je à la veuve, mais elle ne m'écoute plus. J'ai l'impression d'être partie depuis tellement longtemps que je ne peux plus revenir. Au moment où elle pose sa main sur son pantalon, il l'arrête et lui dit avec un rire gêné :

— Comme tu étais malade, je pensais que tu te reposerais ce soir.

— Je vais beaucoup mieux.

Elle déboutonne son pantalon. Il l'arrête.

— Tu es sûre ?

— Oui, ne t'inquiète pas.

Elle continue de l'embrasser. « Non, non, non. Ça va trop loin. » *Tais-toi et apprends.* Il la déshabille avec fougue et sa respiration accélère. Il la plaque contre la porte et ramène sa jambe vers lui. « Arrête, tu vas trop loin. » Je sens alors quelque chose me pénétrer. Elle laisse échapper un gémissement de plaisir et sourit. *Laisse les grands faire leurs affaires. Va te coucher*, m'ordonne-t-elle. Je n'entends plus rien. Je ne sens plus rien. Je n'existe plus

8.

Le vendredi soir, après la fermeture du magasin, nous partons pour le sanatorium. Au milieu de la nuit, fatigués, nous nous arrêtons dans un motel. Je fais semblant de m'endormir, puis je me lève et me balade le long de la coursive. Il est là, quelque part, il nous suit. Je scrute l'obscurité, mais je ne le vois pas. Je retourne calmement dans notre chambre et me couche. Demain sera une journée très spéciale.

Le lendemain matin, nous reprenons la route. Je m'assoupis au bout de quelques heures, ce qui m'évite de devoir continuer à discuter avec lui. Il est tellement ennuyeux. Si cela ne tenait qu'à moi, je me serais débarrassée de lui depuis longtemps.

Quand il me réveille, je crois d'abord rêver. Les arbres qui m'entourent et leur odeur me sont si familiers. Je suis de retour à la maison.

— Sommes-nous arrivés ?
— Oui. Il était grand temps. Quand nous rentrerons, nous ferons tes papiers d'identité au plus vite. Ça aurait été tellement plus simple de venir en avion.

Gaël quitte le véhicule et s'étire quelques instants. Puis, nous entamons notre marche jusqu'à ce que nous arrivions dans une clairière. Les arbres et les fleurs bourgeonnent. Des ruines sont disséminées ici et là. L'endroit m'apparaît comme si je ne l'avais jamais quitté. Les salles d'hypnose, de torture, d'étude, les dortoirs à l'étage. Je me rappelle nos entraînements et nos missions d'assassinat si délectables. L'escalier qui mène au dortoir est détruit. Je m'approche et pose un pied sur la première marche, mais il m'empêche d'aller plus loin.

— L'état de cet endroit est pire que dans mon souvenir. Il ne reste vraiment plus rien.

Sans rien dire, je traverse une pièce, ou du moins ce qu'il en reste. Je m'arrête au milieu et creuse. Une poignée apparaît, puis une trappe qui semble mener à une cave. J'essaie de l'ouvrir, mais je n'y arrive pas. Il m'aide et la trappe finit par céder.

— Qu'est-ce que c'est que ça ? demande Gaël, interloqué.

Il n'y a pas d'escalier. Seulement un trou de quelques centimètres de profondeur, dans lequel un adulte pourrait à peine tenir. Des miroirs brisés recouvrent les parois.

— Tu sais ce que c'est ?

— Oui. Une prison.

— Comment ça ? On enfermait des gens là-dedans ? C'est minuscule. À quoi servent les miroirs ?

Je le regarde sans rien dire. Il n'insiste pas. Il n'a pas besoin de savoir. C'est la version originale du placard dans lequel m'a enfermée cette peste de Quatre. Je ne peux pas lui en vouloir. Si je suis ici aujourd'hui, c'est grâce à elle. Nous passons notre après-midi dans cet endroit, sans dire grand-chose. Toutes les années que j'ai passées ici sont en train de défiler dans ma tête.

Elles sont toutes là, prêtes. Ce soir, nous saurons qui reste et qui part.

— Veux-tu rester camper dans les bois ce soir ? me demande Gaël. C'est ce que nous avions fait la première fois. C'est d'ailleurs comme ça que nous avons découvert cet endroit.

— Mais il y a des loups dans les bois.

— Il n'y a pas de loups dans cette région.

— Tu en es sûr ?

— Sûr et certain, affirme-t-il. Alors, es-tu partante ? Je te promets que tu passeras une nuit inoubliable. Les étoiles sont magnifiques.

— Je ne sais pas si c'est une bonne idée.

— On ne craint rien. Camille m'a dit que le quadrillage de la zone ne commencerait que dans un mois. Personne ne vient jamais ici.

— À part les étudiants curieux, dis-je en souriant pour l'attendrir.

— Oui, mais ils sont sympathiques.

— Vous auriez pu mourir si vous étiez venus camper quelques années plus tôt.

— Comment ça ?

— À cause des loups.

— Si tu as trop peur, nous pouvons simplement observer les étoiles et ensuite, nous nous rendrons dans le motel le plus proche. D'accord ?

— Très bien.

Je laisse le silence nous envelopper un instant, puis je lui demande :

— Pourquoi as-tu accepté de m'emmener ici ? Malgré tes doutes.

— J'ai repensé au matricule qu'on vous avait donné. Ces hommes vous ont sûrement traités comme du bétail. Ils n'ont même pas pris la peine de vous donner des noms, juste des numéros. C'est exactement ce que nous faisions pour nos « patients ». Rien de tout cela n'est ta faute. Je suppose que tu as oublié ton passé parce qu'il était trop difficile à supporter. Va savoir quelles horreurs ils t'ont fait subir.

Il me sourit tristement en me caressant la joue. Je lui rends son sourire, qui me rappelle celui d'un autre, et le remercie. D'ailleurs, j'espère qu'il n'a pas perdu notre trace.

Nous retournons à la voiture pour récupérer de quoi camper. Le temps est doux. Le printemps est bien installé. Mon instinct m'ordonne de faire attention aux bêtes sauvages, mais au fond de moi, je sais que Gaël a raison ; elles n'existent pas. J'inspire profondément et reste concentrée sur ma proie.

La nuit tombe. Nous sommes allongés sur une couverture. Il a posé une lampe au sol. Les étoiles sont effectivement très jolies, comme à l'époque. Elles brillent de mille feux. Ma tête est posée sur son torse ; j'écoute son cœur battre pour la dernière fois.

— J'ai toujours eu l'impression que des âmes perdues nous avaient tenu compagnie durant la nuit que nous avions passée ici, me dit Gaël. Je ressentais une tristesse et une mélancolie infinie. Mais aussi quelque chose d'effrayant. Comme si ces lieux étaient hantés. C'est stupide, venant d'un scientifique.

— Vivre ici était difficile, mais ce n'était pas triste.

— Raconte-moi ce dont tu te souviens.

— Si je te raconte, je vais devoir te tuer.

Ma réponse le fait rigoler.

— Dans ce cas, garde le silence et épargne-moi, dit-il en se tournant de nouveau vers les étoiles. On n'est pas bien, là ?

— Si.

Il s'étire et me serre contre lui. J'ai l'impression de voir des ombres s'affairer autour de nous, d'entendre ces maudits loups qui n'existent pas. « Calmez-vous, ce n'est pas encore le moment », dis-je aux autres. Je me souviens du jour où elles ont ouvert la porte du placard, satisfaites, et moi, libre. Soudain, j'aperçois une lumière dans les bois. Gaël s'est endormi. Je m'enfonce à travers les arbres, suivant cette lumière. C'est lui.

— Tu nous suis ?
— Tu m'as laissé un indice très explicite. Pourquoi fuir ici ? Pourquoi es-tu là ? Que cherches-tu en venant ici ?
— C'est l'autre.
— Quelle autre ?
— Tu sais bien, l'autre.

Il illumine mon visage avec sa lampe. Je vois une lueur d'espoir et de soulagement dans son regard. Il a compris.

— Je t'avais laissé jusqu'à la fin de la semaine. C'est terminé. On rentre.
— Il n'est pas encore minuit. Je n'ai pas fini.
— Quand vas-tu t'en débarrasser ?
— Si cela ne tenait qu'à moi, il serait mort depuis longtemps. Il est ennuyeux à mourir. Il ne représente aucun défi. J'aurais préféré tomber sur un homme comme toi.

Je caresse son bras musclé. Comme il m'a manqué. Mais il me rejette. Vexée, je lui lance :

— Mais elle l'aime bien. Elle a pitié de lui. Et je dois dire qu'il fait un parfait remplaçant.

Il me gifle. L'aurais-je touché dans son orgueil ?

— Débarrasse-toi de lui. Je viendrai te récupérer une fois que ce sera fait, dit-il en me tendant un poignard.

Je le prends et il me tourne le dos.

— Oui, chef. Gare aux loups.

— Des loups ? Il n'y en a plus dans ces bois. Le seul loup, c'est toi.

Il s'en va. Je dissimule le poignard dans la ceinture de mon pantalon. Au loin, la voix de Gaël m'appelle. Je me dirige vers la lumière.

— Je suis ici !

Il court dans ma direction.

— Pendant un instant, j'ai cru que je t'avais perdue.

Il me serre dans ses bras.

— Tu es allée te promener ?

— J'ai cru voir quelque chose. Mais ce n'était rien.

— Tu as cru voir des loups ? demande-t-il en riant.

Je m'approche de son oreille et empoigne sa nuque.

— Le loup, c'est moi.

Je lui plante alors le couteau dans la gorge. Il s'écroule devant moi, agonisant. Je ressens un plaisir intense à voir la vie le quitter, à sentir son sang chaud couler sur mes mains. Malheureusement, la fête est finie et l'autre idiote doit reprendre sa place.

Je hurle de terreur devant le corps inanimé de Gaël. Mes mains sont pleines de son sang. Je regarde autour de moi et ne reconnais pas les lieux. Nous ne sommes plus dans l'appartement. J'ai l'impression de voir des ombres tourner autour de moi. Les voix. Elles reviennent. Mon souffle est court. Je crie à l'aide, espérant qu'il ne soit pas loin. Je vois des ombres prendre forme humaine et emporter le corps de Gaël. Je ne sais pas si tout cela est réel. Je sanglote et tombe à terre, blessant mon genou contre une branche. Une ombre me paraît plus familière. C'est lui. Je ne peux pas m'empêcher de m'excuser. Encore et encore. Il m'attrape par les cheveux et me traîne dans les bois jusqu'à sa voiture. Il me jette dans le coffre et démarre. Ce n'est que le début.

Enfermée dans le coffre, le temps me paraît long. Je l'entends parler à Vanessa à l'avant. Est-elle dans la voiture ?
— Qu'est-ce que tu me veux ?
— Un homme n'arrête pas d'appeler au bureau, dit-elle. C'est pour une mission. Je pense que c'est un homme d'État.
— Je ne travaille pas pour ces gens-là. Ne me dérange plus.
— Qu'est-ce qui t'arrive ? Tu as l'air bien énervé.
— Rien.
— Veux-tu passer à la maison ? Pour que je te fasse du bien.
— Non.
Je n'entends plus rien. C'était un appel. Il roule encore pendant ce qui me semble être des heures. Peut-être même une journée. Il gare enfin la voiture. J'entends la portière claquer et ses pas sur le gravier. Le coffre s'ouvre. Il fait toujours nuit. Il me tire par le bras hors de l'habitacle. Nous entrons dans une maison de style géorgien que je ne reconnais pas. Où sommes-nous ? L'endroit sent la peinture fraîche et le bois. Il m'entraîne en haut d'un escalier, dans une chambre, me jette sur un lit et referme la porte. Les draps sont en soie noire et leur douceur me hérisse le poil, tant il contraste avec mon angoisse. Il me demande de me déshabiller. Je fais ce qu'il me dit, apeurée. Je suis nue face à lui. Vulnérable. Recroquevillée sur moi-même, immobilisée par la peur. Il m'attrape par les bras et me dit quelque chose que je n'arrive pas à entendre. Il s'énerve et enlève ses vêtements à son tour. J'essaie de me réfugier sous le lit, mais il m'attrape par la jambe. Il me plaque sur le lit afin que je ne bouge plus. J'essaie de le repousser, mais je n'y arrive pas. Son corps est bien trop lourd. Je crie, je pleure, je le supplie

d'arrêter et je m'excuse encore et encore, mais il ne s'arrête pas et couvre ma bouche pour étouffer mes cris. Je ressens la même sensation que lorsque la veuve noire avait pris possession de mon corps pour s'amuser avec Gaël. Quand il s'arrête enfin, je me roule en boule dans ces draps bien trop doux et pleure.

Lorsque je me réveille, du sang coule le long de ma jambe. Une intense douleur me traverse le dos et le flanc. Je suis toujours nue, les bras attachés au-dessus de ma tête et les pieds ligotés au mur. La lumière est faible ; je ne perçois pas ce qui se passe devant moi. D'instinct, je sais qu'il est dans la pièce.

— Sais-tu pourquoi tu es là ? demande-t-il sur un ton neutre.
— Oui.
— Dis-moi pourquoi tu es là.
— Parce que j'ai été faible.
— Et ?
— Je t'ai trompé et menti. Je n'ai pas respecté les règles.
— Et ?
— J'ai cessé de croire en toi.
— Penses-tu mériter cette punition ?
— Oui.

Je l'entends se lever. Une porte s'ouvre, laissant passer un filet de lumière. Combien de temps dois-je rester ici ? Mes pieds sont attachés avec du fil barbelé et je vois mes plaies saigner, pour aussitôt cicatriser. Est-il normal de guérir si vite ? Quand cela va-t-il cesser ? J'ai l'impression d'être là depuis des jours, attachée, gémissant de douleur, m'excusant, le suppliant d'arrêter.

— Il est temps d'y faire face.

— Faire face à quoi ?
— À toi-même.
— J'ai des questions.
— Tu as encore des questions après tout ça ?
— Ai-je fait du mal ?
— Oui.
— Que me caches-tu ?
— Je n'ai rien à dire, surtout pas à toi.
— Et Vanessa ? Est-elle vraiment ton épouse ?
— Oui. Comme à chaque fois. À chaque nouvelle vie, une nouvelle femme me sert de couverture pour nous protéger. Mais tu as tout oublié.
— Parce que tu me l'as demandé.
— Parce qu'elle me le demande à chaque fois.
— Qui ? Pourquoi ?
— Ana. Ou bien Numéro Un. Ils lui ont fait perdre la raison.
— Nous ne sommes pas frère et sœur ?
— Tu as été et resteras ma femme. Tu dois avoir des souvenirs d'elle.
— Elle ? Celle qui me chante des berceuses ?
— Oui. Celle qui t'a aidée à survivre. Sans elle, ça ferait longtemps que les autres t'auraient éliminée.
— Est-elle censée habiter mon corps ?
— Oui. La vraie, c'est elle. Tu n'es qu'une personnalité de transition. Je ne sais pas pourquoi elle a porté son dévolu sur toi. Certainement pour avoir moins de sang sur les mains à son retour. C'est raté.
— Une personnalité de transition ?
— Oui. Tu es comme les voix que tu entends. Tu n'existes pas.

— Et pourquoi ne serait-elle pas aussi une personnalité parmi les autres ?
— C'est la vraie.
— Pourquoi elle et pas moi ?
— C'est la vraie.
— J'ai été sage. J'ai fait tout ce que tu m'as demandé. Je ne veux pas mourir !
— Tu as rempli ton rôle. Maintenant, laisse-lui ta place.
Il s'en va. Il vient de m'annoncer que je devais disparaître. Mourir. Car je n'existe pas. Comment cela est-il possible ? Après tout ce que j'ai traversé. La douleur, la peur, la joie. J'ai senti le vent sur ma peau, sa chaleur quand il me bordait. Alors, comment est-ce possible ?

Je perds connaissance. À mon réveil, mes bras et mes pieds sont liés par des cordes. Un miroir me fait face. Je vois une jeune fille, amaigrie, le corps criblé de bleus. Des yeux gris foncé me fixent. Est-ce moi ? Est-ce vraiment moi ? Je ferme les yeux. Je ne veux pas me voir, pas la voir, pas les voir. Mais il est trop tard. Un murmure me demande avec insistance d'ouvrir les yeux.

Fais face, me chuchote-t-elle. J'ouvre doucement les yeux et détourne de nouveau le regard.

Fais face, me répète-t-elle. Je tourne les yeux vers mon reflet. Je sais que c'est lui parce qu'il tourne la tête en même temps que moi. Mais je sais aussi que ce n'est pas moi. Je ne peux pas bouger et pourtant, je vois mon corps se mouvoir devant moi, debout, libre, habité par le rire. Mon corps tremble, panique, je referme les yeux. Non, ce n'est pas toi. Ce n'est pas moi parce que je n'existe pas. La voix me demande de les rouvrir. Je lui obéis.

— *Je suis une part de toi. Je suis toi. Nous sommes toute une part de toi.*

— Je ne suis pas cette tueuse.

— *Si. Tu les as tués. Leur sang était sur tes mains. Et tu as servi à réaliser bien d'autres vices.*

— Qu'est-ce que vous racontez ?

— *Arrête de faire semblant. Tu te souviens. On le sait.*

— Non... Non. Je n'ai pas le droit.

— *Il nous a aidées à apparaître comme il va nous aider à te faire disparaître.*

— Non, non, c'est faux. Il ne voulait pas que je vous voie.

— *Parce que tu es trop faible pour nous affronter.*

Soudain, mon reflet se divise en plusieurs autres qui rient en cœur. J'examine chacun de ces reflets. Ces personnalités sont indépendantes de moi-même. J'ai beau me répéter que ce n'est qu'une illusion, je me sens proche de chacune d'elle.

Je desserre les liens qui me retiennent. Mes mains glissent facilement, et je me penche en avant pour détacher mes pieds. Ma tête tourne, j'ai des sueurs froides. Je vis un cauchemar éveillé dans les limbes d'un esprit qui n'est pas le mien. Je m'approche du miroir et le touche. « Où est la vraie ? Vous, vous n'existez pas. » Enfin, elles disparaissent toutes. Il ne reste plus qu'un seul reflet dans le miroir, qui me fixe froidement.

— *Mademoiselle.*

— Non. Non, ça ne va pas recommencer.

— *Mademoiselle, est-ce que vous m'écoutez ?*

— Non, je ne vous écoute plus ! C'est fini. Vous ne m'utiliserez plus comme votre poupée !

— *Il faut vous calmer, mademoiselle, et écoutez ma voix.*

Je frappe le miroir violemment et le brise. Non. Ça ne recommencera pas. C'est fini. Je m'écroule au sol. Tout me paraît si étrange, si faux. Je récupère un morceau de miroir et regarde le reflet qui me sourit. Pourtant, je suis sûre que je ne souris pas. Elle me remercie. Je sens un baiser déposé sur mon front, puis elle me ferme les yeux, s'excuse et me dit adieu.

ÉPILOGUE

Comment en est-on arrivés là ? Comment me suis-je retrouvée, le corps endolori, parcourant les couloirs d'une maison inconnue à ta recherche ? Comment se fait-il qu'en te retrouvant face à moi, tu m'aies regardée comme une inconnue ? Comme la première fois où tu as posé les yeux sur moi, troublé de réaliser que j'existe vraiment. Que ce soit ton corps ou le mien, ils ne peuvent nous donner aucun indice sur notre passé.

Pourtant, nous sommes là, aujourd'hui, l'un en face de l'autre et pour la première fois, une larme coule au coin de ton œil et tes mains tremblent.

S'il te plaît, raconte-moi. Dis-moi tout sans rien oublier. Comment en est-on arrivé là ?

Découvrez comment tout a commencé et obtenez des réponses à vos questions dans la suite de Captive : « La Faille » Maintenant disponible.

Retrouver toute l'actualité de la saga CAPTIVE sur le site officiel et les réseaux sociaux :

auteur.juliejb.com
Instagram : jjb_author
Facebook : jjbauthor

Merci d'avoir de m'avoir lu. S'il vous plaît, notez qu'il s'agit d'une fiction. Si quelqu'un vous traite ainsi dans la vraie vie, ce n'est pas de l'amour. Demandez de l'aide et partez.